桂花雨

琦君——著

作家出版社

图书在版编目（CIP）数据

桂花雨 / 琦君著 .—北京：作家出版社，2021.6（2025.8 重印）
（琦君经典散文）
ISBN 978-7-5212-1253-2

Ⅰ. ①桂…　Ⅱ. ①琦…　Ⅲ. ①散文集－中国－当代　Ⅳ. ① I267

中国版本图书馆 CIP 数据核字（2020）第 261280 号

桂花雨

作　　者：琦　君
责任编辑：省登宇　周李立
装帧设计：琥珀视觉
出版发行：作家出版社有限公司
社　　址：北京农展馆南里 10 号　　**邮　　编：**100125
电话传真：86-10-65067186（发行中心及邮购部）
86-10-65004079（总编室）
E-mail:zuojia @ zuojia.net.cn
http://www.zuojiachubanshe.com
印　　刷：北京盛通印刷股份有限公司
成品尺寸：142 × 210
字　　数：160 千
印　　张：6.625
版　　次：2021 年 6 月第 1 版
印　　次：2025 年 8 月第 3 次印刷
ISBN 978-7-5212-1253-2
定　　价：35.00 元

目 录
CONTENTS

序

琦君和我结缡近三十年，很少有久别的时候。今年秋间，我因业务关系，奉派来纽约，将有一段相当长的时间，才能返国，这恐怕是我们分别最长久的一次了。琦君在华副[①]她的《龙吟集》专栏上所写短文此间《世界日报》都予转载，使我很快就能看到，好像读她的书信。于快慰之余，尤不得不感谢主编与大众传播之功。

现在又得知尔雅出版社的隐地兄愿意再为琦君出版一本散文集，要我在前面写几句话，也可以代替我们之间的通信，我当然是非常高兴的。因为在她写作的历程上，又多了一本记录，而我也可为她的写作生涯作个见证。

① 指台湾《中华日报》副刊。

自我们结婚以来，琦君每写一篇稿子，或多或少我都曾参与一分感情。她常从我们日常生活闲谈中获得灵感，构思时也常和我述说大意，写成后，我当然是第一个读者。我一直认为写文章第一要言之有物，千万不可无病呻吟，非到一吐为快时不要轻易下笔。文字尤其应当平易近人，不要刻意雕琢，以辞害意。这也正是琦君写作的原则，她也都做到了。

记得在一九五二、一九五三年时，台湾的出版业尚未十分发达，文学书刊较少，她于公余之暇写稿，我因那时工作不太忙，也帮忙一部分出版发行的工作。她的第一本小说散文合集《琴心》就是这样问世的。没想到出版后颇获好评，很快就再版了。这给了我们很大的鼓励，琦君因不断地写，陆续出版了好几本小说集、散文集。这给我们的家庭生活，带来了无穷的情趣与鼓舞。

这次的新散文集《桂花雨》，大部分的文章，在发表前我都曾过目。我觉得她近年的写作，除抒情、忆旧之外，也有不少寓理于情之作，对于世态人情，往往有更深一层的看法。这或许由于年事渐长，忧患备尝之故。但她于深入浅出的说理中，仍洋溢着一片真挚朴实之情。信手拈来的诗词或先哲隽语，都能妙法天然，相得益彰。因此琦君的散文，不但小朋友喜欢阅读，就是老年人也都予以嘉许。

想起过去在家中时，每每看见琦君忙完一天的课业和家务，于灯下埋头写作，那一份虔诚与专注，内心至为感动。为了她的胃病，我时常劝她少写。她总是说：“我只有在写作时，才真正忘忧。”听了这话，我有点歉疚，因而也不便多劝阻她。如今天各一方，她每来信告诉我又完成一篇稿子时，我就想起她常于深夜起来写稿，脸容于兴奋中透着憔悴，此心不禁忧喜参半。

距离《三更有梦书当枕》的出版仅一年半，琦君又再出一本散文集，不能不感谢主编、读者与隐地兄的鼓励。但我个人总认为“慢工”，才能出“细活”。我所期望于琦君的，还是一个“慢”字，因为我原本就是个慢性子人。

再说“生也有涯，知也无涯”，琦君原也是个爱读书的人，还是爱惜有涯岁月，补读生平未读之书才是。我在此一则遥祝新集的问世，能获得众多爱好她文章的读者们更多的鼓励与指正；二则于遥远的怀念中，不禁记起琦君最喜欢的清人的两句词：“词赋从今须少作，留取心魂相守。”我真宁愿她少写文章，相信琦君一定能体我深意吧！

李唐基

一九七六年十一月，时客居纽约

父 亲

我幼年时，有一段短短的时日，和哥哥随母亲离开故乡，做客似的，住在父亲的任所杭州，在我们的小脑筋中，父亲是一位好大好大的官，比外祖父说的“状元”还要大得多的官。每回听到马弁们一声吆喝：“师长回府啦！”哥哥就拉着我的手，躲到大厅红木嵌大理石屏风后面，从镂花缝隙中向外偷看。每扇门都左右洞开，一直可以望见大门外停下来巍峨的马车，四个马弁拥着父亲咔嚓咔嚓地走进来。笔挺的军装，胸前的流苏和肩徽都是金光闪闪的，帽顶上矗立着一朵雪白的缨。哥哥每回都要轻轻地喊一声：“噢！爸爸好神气！”我呢，看到他腰间的长长指挥刀就有点害怕。一个叫胡云皋的马弁把帽子和指挥刀接过去，等父亲坐下来，为他脱下长靴，换上便鞋，父亲就一声不响地进书房去了。跟进书房的一定是那个叫陈胜德的马弁。书房的钥匙都由他管，那是我们的禁地。哥哥说书房里有各种司的克（手杖），里面都藏着细细长长的钢刀，有的是督军赠的，有的是部下送的。还有长长短短的手枪呢。听得我汗毛凛凛的，就算开着门我都不敢进去，因此见到父亲也怕得直躲。父亲也从来没有摸过我们的头。倒是那两个贴身马弁，胡云皋和陈胜德，非常地疼我们。只要他们一有空，我们兄妹就像牛皮糖似的黏着他们，要他们讲故事。陈胜德小矮个子斯斯文文的，会写一手好小楷。母亲有时还让他记菜账。为父亲炖好的参汤、燕窝也都由他端进书房。他专照顾父亲在司令部和在家的茶烟、点心、水果。他不抽烟，父亲办公桌上抽剩的加里克、三炮台等等香烟，都拿给胡云皋。吃剩的雪梨、水蜜桃、蜜枣就拿给我们。他说他管文的，胡云皋管武的，都是父亲最忠实的仆人。这话一点不错，在我记忆中，父亲退休以后，陈胜德一直替父亲擦水烟筒、打扫书房，胡云皋专管擦指挥刀、勋章等等，擦得亮晶晶的，再收起来，嘴里直嘀咕："这些都不用，真可惜。"父亲出外散步，他就左右不离地跟着，叫他别跟都不肯。对父亲讲话总是喊"报告师长"。陈胜德就改称"老爷"了。

陈胜德常常讲父亲接见宾客时的神气给我们听，还学着父亲的蓝青官话拍桌子骂部下。我说："爸爸这么凶呀？"他说："不是凶，是威严。当军官第一要有威严，但他不是乱发脾气的，部下做错了事他才骂，而且再怎么生气，从来不骂粗话，顶多说'你给我滚蛋'。过一会儿也就没事了。这是因为他本来是个有学问的读书人，当初老太爷一定教导得很好，又是陆军大学第一期毕业，又是日本留学生，所以他跟其他的军长、师长，都不一样。"哥哥听了好得意，摇头晃脑地说："将来我也要当爸爸一样的军官。"胡云皋跷起大拇指说："行，一定行。不过你得先学骑马、打枪。"他说父亲枪法好准，骑马功夫高人一等，能够不用马鞍，还能站在马背上跑。我从来没看见过父亲骑马的英姿，只看见那匹牵在胡云皋手里驯良的浅灰色大马。胡云皋把哥哥抱在马背上骑着过瘾，又把我的小手拉去放在马嘴里让它啃，它用舌头拌着、舔着，舔得湿漉漉、痒酥酥的，却一点也不疼。胡云皋说："好马一定要好主人才能骑。别看你爸爸威风八面，心非常仁慈，对人好，对马也好，所以这匹马被他骑得服服帖帖的，连鞭子都不用一下，因为你爸爸是信佛的。"哥哥却问："爸爸到了战场上，是不是也要开枪杀人呢？"胡云皋说："在战场上打仗，杀的是敌人，你不杀他，他就杀你。"哥哥伸伸舌头，我呢，最不喜欢听打仗的事了。

幸亏父亲很快就退休下来，退休以后，不再穿硬邦邦的军服、戴亮晶晶的肩徽。在家都穿一袭蓝灰色的长袍。手里还时常套一串十八罗汉念佛珠。剪一个平顶头，鼻子下面留了短短八字胡，看去非常和气，跟从前穿长筒靴、佩指挥刀的神气完全不一样了。看见我们在做游戏，他就会喊："长春、小春过来，爸爸有美国糖给你们吃。"一听说"美国糖"，我们就像苍蝇似的飞到他身边。哥哥曾经仰着头问："爸爸，你为什么不再当军官、不再打仗、杀敌人了呢？"父亲慢慢儿拨着念佛珠说："这种军官当得没有意思，打的是内仗，杀的不是敌人，而是自己的同胞，这是十分不对的，所以爸爸不再当军官了。"檀香木念佛珠的芬芳扑鼻而来，和母亲经堂里香炉中点的香一个味道，我就问："那么爸爸以后也念经啰。"父亲点点头说："哦，还有读书、写字。"后来父亲买了好多好多的书和字画，都归陈胜德管理，他要哥哥和我把这些书统统读完，做一个有学问的人。

可是，读书对于幼年的哥哥和我来说，实在是件很不快乐的事。老师教完一课书，只放我们出去玩一下，时间一到，就要回书房。我很怕老师，不时地望着看不大懂的自鸣钟催哥哥快回去，哥哥总是说："再玩一下，时间还没到。"有一次，我自怨自艾地说：“我好笨啊，连钟都不会看。”父亲刚巧走过，笑着把我牵进书房，取下桌上小台钟，一圈圈地转着长短针，一个个钟头教我认，一下子就教会了。他说：“你哥哥比你懒惰，你要催他，遵守时刻是很重要的。”打那以后，哥哥再也骗不了我说时间没到了。只要老师限定的休息时间一过，我就尖起嗓门喊：“哥哥，上课去啦。”神气活现的样子。哥哥只好噘着嘴走回书桌前坐下来，书房里也有一口钟，哥哥命令我说：“看好钟，一到下课时间就喊‘老师，下课啦’！”所以老师对父亲说我们兄妹俩都很守时。

没多久，父亲不知为什么决定要去北平，就把哥哥带走了，让我跟着母亲回故乡。那时我才六岁，哥哥八岁。活生生地拆开了我们兄妹，我们心里都很难过，后悔以前不应该时常吵架。哥哥能去北平，还是有点兴奋，劝我不要伤心，他会说服父亲接母亲和我也去的。母亲虽舍不得哥哥远离身边，却是很坚定地带我回到故乡。她对我说：“你爸爸是对的，男孩子应当在父亲身边，好多学点做人的道理，也当见见更大的世面，将来才好做大事业。”我却有点不服气，同时也实在思念哥哥。

老师和我们一起回到故乡，专门盯住我一个人教，教得我更苦了。壁上的老挂钟又不准确，走着走着，长针就跳一下，掉下一大截，休息时间明明到了，老师还是说：“长针走得太快，不能下课。”我好气，写信告诉父亲和哥哥。父亲来信说，等回来时一定买只金手表，戴在我手腕上，让我一天二十四个钟头都看着长短针走。于是我天天盼着父亲和哥哥回来，天天盼着那只金手表。哥哥告诉我，北平天气冷，早晨上学总起不了床，父亲给他买了个闹钟放在床头几上，可是闹过了还是起不来，时常挨父亲的骂，父亲说懒惰就是没有志气的表现。他又时常伤风要吃药，吃药也得按时间，钟一闹非吞药粉不可，药粉好苦，他好讨厌闹钟的声音。也好盼望我去和他做伴，做他的小闹钟。我看了信，心里实在难过，觉得父亲不带母亲和我去北平是不公平的。可是老师说，大人有大人的决定，是不容孩子多问的。我写信对哥哥说，如果我也在北平的话，早晨一定会轻轻地喊：“哥哥，我们上学啦。”一点也不会吵醒爸爸。吃药时间一到，我也会喊：“哥哥，吃药啰。”声音就不致像闹钟那么讨人嫌了。

哥哥的身体愈来愈弱，到父亲决心接我们北上时，已经为时太晚。电报突然到来，哥哥竟因急性肾脏炎不治去世，我们不必北上，父亲就要南归故里了。兄妹分别才两年，也就成了永别。我那时才八岁，我牢牢记得，父亲到的那天，母亲要我走到轿子边上，伸双手牵出父亲。要面带笑容。我好怕，也好伤心，连一声“爸爸”都喊不响。父亲还是穿的蓝灰色长袍，牵着我的手走到大厅里坐下来，叫我靠在他怀里，摸摸我的脸、我的辫子，把我的双手紧紧捏在他手掌心里说：“怎么这样瘦？饭吃得下吗？”这是他到家后，对我说的第一句话，声音是那般的低沉，我呆呆地说：“吃得下。”父亲又抬头看看站在边上的老师说：“读书不要逼得太紧，还是身体重要。”不知怎的，我忽然忍不住哭了起来，不完全是哭哥哥，好像自己也有无限的委屈，父亲也掩面而泣。好久好久，他问：“你妈妈呢？”我才发现母亲不在旁边，原来她一个人躲在房中悄悄地落泪。这一幕伤怀的情景，我毕生不会忘记。尤其是他捏着我的手问的第一句话，包含了多少爱怜和歉疚。他不能抚育哥哥长大成人，内心该有多么沉痛。我那时究竟还幼小，不会说安慰他的话，长大懂事以后，又但愿他忘掉哥哥，不忍再提。

几天后，父亲取出那口小闹钟，递给我说：“小春，留着做个纪念。你哥哥最不喜欢看钟，我却硬要他看钟，要他守时。他去世的时候是清晨五点，请大夫都来不及，看钟又有什么用？”父亲眼中满是泪水，我捧了小闹钟一直哭，想起哥哥信里的话，我永不能催他起床上学了，我也不喜欢听闹钟的声音了。

哥哥去世后，父亲的爱集于我一身，我也体弱多病，每一发烧就到三十九度。父亲是惊弓之鸟，格外担心，坚持带我去城里割扁桃体。住院一周，父亲每天不离我床边，讲历史故事给我听，买会哭、会吃奶、会撒尿的洋娃娃给我，我享尽了福，也撒尽了娇。但因当时大夫手术不高明，有一半扁桃体割不彻底，反而时常容易发炎，到今天每回犯敏感，就会想起当时住院的情景。

父亲爱我，无微不至，我想看他手上的夜光表，他就脱下来给我，我打碎了他心爱的花瓶、玉杯，他也不责骂。钓鱼、散步，总带着我一起，只是不喜欢热闹的场合。有一次二月初一庙会，我和姑妈、姨妈等人说好一起出去逛的，等我匆匆抄好作文，换了新衣服赶出来，她们已经走远了。我好气，也不管漂亮的新旗袍，一屁股坐在台阶上哭。父亲从书房走出来说："别哭，我正想去走走，陪我去吧！"他牵着我的手边走边讲道理给我听。我感到父亲的手好大好温暖，跟外公和阿荣伯的一样，我不禁问："爸爸，你的手从前是打枪的，现在只会拿拐杖和旱烟筒了。"他笑笑说："这就叫作'放下屠刀，立地成佛'。"我想父亲的信佛，和母亲的吃素念经是很有关系的。其实父亲当军人时也是仁慈的军人，马弁胡云皋就曾说过的。许多年后，有一位"化敌为友"的父执[1]曾对我说："你爸爸不但带打胜仗的军队带得好，对打败仗的军队带得更好，这可不简单啊！你不知道打败仗的军队，维持军纪有多难。你父亲治军纪律极严，绝不扰民，他真不愧为一位儒将。"这话出诸一位曾经与他为敌的人口中，当然是千真万确的，我对父亲也愈加敬爱了。

到杭州进中学以后，父亲对我管教渐严，时常要我背英文给他听，其实我背错了他也不知道，不比古文、唐诗，一个字也错不得。他还要看我的作文、日记，连和同学们通的信都要看。使我对他起了畏惧之心。那时当然没有"代沟""代差"等新名词，但小女孩在成长期中，总有些和同学们的悄悄话，不愿为长辈所知。有一次，我在日记中发了点牢骚，父亲看后引了圣贤之言，把我训斥一顿，我一气把日记撕了。父亲大为震怒，命我以工楷抄《心经》一遍反省。那时我好"恨"父亲，回想在故乡时牵着我的手去看庙会的慈爱，如同隔世。父亲好像愈来愈不了解我了。

他对我期望过分殷切，好像真要把我培植成个才女。说女孩子要能诗能画，还要能音乐。从初中起，就硬要我学钢琴。学校里有个别教学与合组教学两种，他不惜每学期花

---

① 父执：父亲的朋友。

十二块银圆要我接受个别教学。偏偏我没有一丁点音乐细胞，加以英文、数学、理化已压得我喘不过气，对学钢琴实在毫无兴趣。每学期开始，都苦苦哀求父亲准许我免学，父亲总是摇头不答应。勉强拖到高二下学期，钢琴课成绩坏到连授课老师都认为我有放弃的必要。正好又得准备高三的毕业会考，好心的钢琴老师是美国人，她主动到我家来，用生硬的杭州话对父亲说："你的女儿音乐舔菜（天才）不耗（好），请你不要比（逼）她学钢罄（琴）。"父亲这才同意我放弃了，一根弦足足绷了五年，这一放弃，五线谱上的豆芽菜一下就忘得一干二净，父亲当然很生气，可是我却好轻松、好痛快。假使世界上真有"对牛弹琴"这回事的话，我就是那头笨牛了。直到今天，我一听到叮叮咚咚的钢琴声，就会想起那五年浪费的"苦练"而感到心痛，因为我不能遂父亲心愿，实在太对不起他老人家了。

进入大学，我也懂事多了，父女的感情，竟有点近乎师友之间。中文系主任对我的夸奖也使父亲对我另眼看待。他喜欢作诗，每回作了诗都要和我商讨。我也不知天高地厚地喜欢改。有时瞎子打拳似的，击中一下，改出了"画龙点睛"的字来，父亲就拊掌大大称许一番，其实我明明知道他是试我，也是鼓励我，但于此中正享受无尽的亲情和乐趣。

父亲不喝酒、不打牌，连烟都因咳嗽而少抽。他最大的嗜好就是读书、买书。各种好版本，打开来欣赏欣赏，闻闻那股子樟脑香，对他便是无上乐趣。因此杭州与故乡永嘉二处的藏书也算得相当丰富。每年三伏天，我帮母亲晒皮袍，帮父亲晒书。父亲总是语重心长地要我好好保存这些丛书和名贵的版本。至于字画古董，父亲不大辨真伪，也不计较真伪，有时明知是赝品也买。他说卖字画的人常识丰富，说来头头是道，即使是一套骗术，听听也很令人快意。况且赝品的作者，也未始没下一番功夫，只要看来赏心悦目，有何不好呢？可说别有境界。他也喜欢端砚与松烟好墨。他有一块王阳明的写经叶，想来也是赝品，却是非常玲珑可爱。有时濡墨作诗，或圈点诗文，常常吟哦竟日，足不出书房一步。他说古人谓“我自注书书注我，非人磨墨墨磨人”正是这番光景。

一九三七年中日战争爆发，举家不得不避乱回故乡。临行前，父亲打开书橱，抚摸着每册心爱的书，唏嘘地对我说：“乱离中一切财物都不足惜，只这数千卷的书和两部藏经，总是叫人不能释然于怀，但不知能否再回来，再读这些书？”父亲一向乐观，忽然说这样伤感的话，不由使我暗暗心惊。忠仆陈胜德自愿留守杭州寓所，照顾书籍，父亲也只得同意了。回到故乡以后，父亲因肺疾与痔疮间发，僻处乡间，没有良医和特效药，健康一日不如一日。另一位忠仆胡云皋到处打听偏方灵丹，常常翻山越岭采草药煎给父亲喝，诚意可感，可是究竟毫无效果，不久忽然传来谣言，说杭州寓所被日军焚毁，陈胜德也遇难。父亲听了忧心如焚，后悔不当为身外之物，留下陈胜德冒险看顾。重大的打击，使他咳嗽加剧。次日忽然发现胡云皋走了，他留下一信禀告父亲，为了替父亲杭州的住宅一探究竟，也为了亲如兄弟的陈胜德存亡确讯，他一定要回杭州去看看，希望能带了平安消息归来。可是他一走就音讯杳然，据传亦被日军所害，从那以后，我永远没有再见陈胜德和胡云皋这两位忠实的朋友。幼年时代，他们照顾提携过哥哥和我，哥哥才十岁就弃我而去，他们二人都死于战乱，眼看父亲身体又日益衰弱，忧愁和悲伤使我感到人世的无常。但父亲尽管病骨支离，对我的教诲却是愈益严厉。病榻之间，他常口授《左传》《史记》、“通鉴”等书，要我不仅记忆史实，更要体会其义理精神，并勉我背诵“论孟”[1]、《传习录》《日知录》，可以终生受用不尽。《曾国藩家书》与《饮冰室文集》亦要熟读。他说为人为学是一贯道理，

① 论孟：《论语》和《孟子》的并称。

而端品厉行尤重于学业。他说自己身为军人，戎马倥偬中，总不离这几部书，而一生兢兢业业，幸未为小人之归者，亦由于能时时以此自勉。父亲的教诲，使我于后来多年的流离颠沛中，总像有一股力量在支撑我，不至颠仆。可是我不是个潜心做学问的人，又缺乏悟性，碌碌大半生，终不能如先人之所望，内心实感沉痛。

父亲为顾念亲族与邻里中子弟的学业，特在山乡庙后老家的祠堂里办了一所小学，供全村儿童免费上学，连书本都是奉送的。老师个个教学认真，庙后小学驰名遐迩，还得到永嘉县政府的褒奖，我妹妹就是该小学毕业的高才生。

父亲在病榻上曾对我说："乱离中最宝爱的东西是心情上最重的负担。但到了不得不割舍的时候也只有割舍。比如书吧！那是比珠宝金银都宝贵万万倍的，但也是最先必须割舍的。你如肯读书，将来安定以后，可量力再买，如不爱读书，即使拥有满屋图书，也都不是真正属于你的。"

父亲去世于抗战翌年农历六月初六日，正和他的生辰同一天，真是不幸的巧合。当天清晨，他于呼吸困难中低声地问，佛堂前和祖宗神龛前香烛是否都已点燃，母亲答已都点了，他又说你们都高声念经吧！再没吩咐什么，就溘然长逝了。父亲的好友说他虽享年不及六十，但能与荷花同生日，依佛家说法，仍有难得的姻缘与福分。所以，他的挽联有云：“六六生，六六逝，佛说前因。”母亲因悲痛过甚，亦于三年后追随父亲而去。

那一片凄凉苍白，至今犹在眼前，而我的锥心之痛，却是与日俱增。因为大陆上双亲灵柩，竟是至今未能安葬。托亲友由国外辗转打听来消息，父亲棺木竟被大水冲走。灵骨是否由至亲收藏，都不能确知。因父亲被视为善霸和斗争的对象，近亲远戚都不敢出面过问。想父亲一生待人仁厚，处处中正和平，逝世数十年，竟至窀穸未安，这都是我们做人子女者的不孝和罪孽。在抗战胜利之初，何以未能使先人入土为安？只因父亲生前比较重视住宅的舒适，所以想觅一块风景好的坟地，建筑一座他老人家满意的坟墓，亦是慎终追远之意；谁知内战顿起，一时措手不及，便仓皇来台。父亲固然预知抗战必胜，而胜利后的变故，实非他始料所及。

将近三十年来，我和小我十六岁的妹妹为此事寝食难安，却又无可奈何。我姊妹西望故乡，泣涕如雨。我们翘首默祷，父母在天之灵，且再耐心等待一个时期吧。

母 亲

每当我把一锅香喷喷的牛肉烧成了焦炭，或是一下子拉上房门却将钥匙忘在里面时，我就一筹莫展，只恨自己的坏记性，总是把家事搞得一团糟。这时，就有一个极柔和的声音，在耳边响起：“小春，别懊恼，谁都会有这样的情形。别尽着埋怨自己。试试看，再来过。”

那就是慈爱的母亲，在和我轻轻地说话。母亲离开人间已三十五年。可是只要我闭上眼睛想她，心里喊着她，她就会出现在我眼前。在我的记忆里，母亲总是这么慢慢儿摇摆着，走来走去，从早做到晚，不慌不忙。她好像总不生气，也没有埋怨过别人或自己。有一次，她为外公蒸枣泥糕，和多了水，蒸成了一团糨糊。她笑眯着眼说：“不要紧，再来过。”外公却说：“我没有牙，枣泥糊不是更好吗？”他老人家一边吃，一边夸不绝口。我想母亲的好性情一定是外公夸出来的。因此，我在懊丧时，只要一想到母亲说的“不要紧，再来过”，我就重整旗鼓，兴高采烈起来了。

在静悄悄的清晨或午后，一个人坐在屋子里，什么事都不做，只是“一往情深”地思念着母亲，内心充满安慰和感谢。对我来说，真是人生莫大的快乐。

我常常在心里轻声地说：“妈妈，如果您现在还在世的话，我们将是最最知心的朋友啊！”

母亲是位简朴的农村妇女，她并没读过多少诗书。可是由于外公外婆的教导，和她善良的本性，她那旧时代女性的美德，真可做全村妇女的模范。我幼年随母亲住在简朴的乡间，对于“日出而作，日入而息”的农村生活，至今记忆犹新。

那时的乡间，没有电台、电视报时报气候。母亲每天清晨，东方一露曙光就起床。推开窗子，探头望天色，嘴里便念念有词：“天上云黄，大水满池塘。靠晚云黄，没水煎糖。”我就会预知今天是个什么天气。如果忘了是什么节候，她就会在床头小抽屉中取出一本旧兮兮的皇历，眯着近视眼边看边念：“正月立春雨水，二月惊蛰春分，三月清明谷雨……”我就抢着念下去，母亲说：“别念那么多，还没到那节候呢。”

母亲用熟练的手法，把一条乌油油的辫子，在脑后盘成一个翘翘的螺丝髻，就匆匆进厨房给长工们做早饭。我总要在热被窝里再赖一阵才起来，到厨房里，看母亲掀开锅盖，盛第一碗热腾腾的饭在灶神前供一会儿，就端到饭桌上给我吃。饭盛得好满，桌上四四方方地排着九样菜，给长工吃的。天天如此。母亲说："要饱早上饱，要好祖上好。"她一定也要我吃一大碗饭。我慢吞吞地吃着，抬头看墙壁上被烟熏黄了的古老自鸣钟，钟摆有气无力地摆动着。灰扑扑的钟面上，指针突然会掉下一大截，我就喊："钟跑快了。"母亲从来也不看那口钟的，晴天时，她看太阳晒到台阶的第几档就知道是什么时辰了。雨天呢，她就听鸡叫。鸡常常是咚咚咚地绕在她脚边散步。她把桌上的饭粒撣在手心里，放到地上给鸡啄。母亲说饭就是珍珠宝贝，所以不许我在碗里剩饭。老师也教过我"谁知盘中餐，粒粒皆辛苦"的诗，我也知道吃白米饭的不容易。

做完饭，喂完猪，母亲就会打一木盆热水，把一双粗糙的手在里面泡一阵，然后用围裙擦干，手上的裂缝像一张张红红的小口，母亲抹上鸡油（那就是她最好的冷霜了），脸上露出满足的微笑，看看自己的手，因为这双手为她做了那么多事。我曾说："妈妈，阿荣伯说您从前的手好细好白，是一双有福气的玉手。"母亲叹息似的说："什么叫有福气呢？庄稼人就靠勤俭。靠一双玉手又有什么用？”我又说：“妈妈，婶婶说您的手没有从前细了，裂口会把绣花丝线勾得毛毛的，绣出来的梅花喜鹊，麒麟送子，都没有从前漂亮了。”母亲不服气地说：“哪里？上回给你爸爸寄到北平去的那双绣龙凤的拖鞋面，不是一样的又光亮又新鲜吗？你爸爸来信不是说很喜欢吗？”

母亲在忙完一天的工作之后，总是坐在我身边，就着一盏菜油灯做活儿，织带子啦，纳鞋底啦，缝缝补补啦。亮闪的针在她手指缝中间跳跃着。我不由停下功课，看着她左手无名指上的赤金戒指，由于天天浸水洗刷，倒是晶亮的。那是父亲给母亲的订婚礼物，她天天戴在手上，外婆留给她的镶珍珠、宝石的戒指，都舍不得戴。于是我又想起母亲的朱红首饰箱来，索性捧出来一样样翻弄。里面有父亲从外国带回送她的一只金表，指针一年到头停在老地方，母亲不让我转发条，怕转坏了。每年正月初一，去庙里烧香，母亲才转了发条戴上，平常就放在盒子里睡觉。我说发条不转会长锈的！母亲说：“这是你爸爸买给我最好的德国表，不会长锈的。”我又说：“表不用，有什么意思。”母亲说：“用旧了可惜，我心里有个表。”真的，母亲心里有个表，做事从不会错过时间。除了手表和宝石戒指以外，就是哥哥和我两条刻着“长命富贵”的金锁片。我取出来统统挂在脖子上。母亲停下针线，凝视着金锁片说："怎么就没让你哥哥戴着去北平呢？"我就知道她又在想念在北平的哥哥了，连忙收回盒子里。

母亲对父亲真个是千依百顺，这不仅是由于她婉顺的天性，也因为她敬爱父亲，父亲是她心目中的奇男子。他跟别的男孩子不一样。说话文雅，对人和气，又孝顺父母。满腹的文章，更无与伦比。后来父亲求得功名，做了大官，公公婆婆都夸母亲命里有帮夫运，格外疼这个孝顺的儿媳妇了。

尽管母亲有帮夫运，使父亲在仕途上一帆风顺，她却一直自甘淡泊地住在乡间，为父亲料理田地、果园。她年年把最大的杨梅、桃子、橘子等拣出来邮寄到杭州给父亲吃，只要父亲的信里说一句"水果都很甜，辛苦你了"，母亲就笑逐颜开，做事精神百倍。母亲常说"年少夫妻老来伴"，而她和父亲总是会少离多。但无论如何，在母亲心目中，父亲永远是他们新婚时穿宝蓝湖绉长衫的潇洒新郎。

我逐渐长大以后，也多少懂得母亲的心事，想尽量逗母亲快乐。但我毕竟是个任性的孩子，还是惹她生气的时候居多。母亲生气时，并不责备我，只会自己掉眼泪。我看她掉眼泪，心里抱歉，却又不肯认错。事实上，对我所犯的小小过错，母亲总是原谅的，而且给我改过以及再接再厉的机会。比如我不小心打破了一个饭碗，她就会再给我一个饭碗去盛饭，严厉地说："这回拿好，打破了别吃饭。"如果因贪玩忘了喂猪，她就要我多做一件事以示惩罚。但我如犯了大错，她就再也不会纵容。她的态度是严厉的，话是斩钉截铁的，责备完以后，丢下我一个人去哭，非得我哭够了自己出来，她是不会理我的。

母亲像一潭静止的水，表面上从看不出激动的时候，她的口中，从不出恶毒之言，旁人向她打听什么，她就说："我不知道呀。"或是："我记性最坏，什么都忘了。"有人说长论短，或出口伤人，她就连连摇手说："可别这么说，将来进了阴间，阎王会将你舌头拉出来，架上牛耕田的啊！"我笑她太迷信。她说："别管有没有，一个人如不说好话，不做正当事，心里自会不平安，临终之时，就到不了西方极乐世界。"母亲的最后理想，就是往生西方极乐世界。她在烦恼悲伤时，都是以此自慰。她是位虔诚的佛教徒，自幼跟外公学了不少经，《金刚经》《弥陀经》她都背得很熟。逢年过节不得不杀鸡猪，母亲就跪在佛堂里念《大悲咒》《往生咒》。我看她一脸的庄严慈悲，就像一尊菩萨。还有每当她拿米和金钱帮助穷苦的邻居时，总是和颜悦色，喜溢眉梢。后门口小贩一声吆喝，母亲就去买鱼肉，从不讨价还价，外公摸着胡子得意地说："你妈小时候，我教过她朱伯庐先生治家格言，她真的做到了。我听了外公的话，也到大厅里看屏风上的治家格言。“与肩挑贸易，毋占便宜，见贫苦亲邻，须加温恤。”母亲真的样样做到了。

母亲并没认多少字，读多少书，她的学识和许多忠孝节义的故事，都是从《花名宝卷》、庙会时的野台戏，以及瞎子的鼓词里学来的。她和婶母们一边做事，一边讲着故事，讲得有头有尾，这也是她最最快乐的时光了。她说话时慢条斯理，轻声轻气，对于字眼的声音十分注意，有时讲究到咬文嚼字的程度，听来却非常有趣。比如数目中的“二”字，她一定说“一对”，显得吉利。“四”字呢，一定说“两双”。因为“四”“死”同音，是非常非常忌讳的，尤其逢年过节或过生日的时候。数到“十一”她就说“出头啦”，因为“十一”是个单数。又比如“没有”，她一定说“不有”，因为“没”“殁”同音，是绝对不能说的。这都是她小时候外婆教她的。

冬天的夜晚，我躺在暖烘烘的被窝里，听母亲讲《宝卷》上“落难公子中状元，私订终身后花园”的故事。讲到男女相悦的爱情场面时，母亲双颊泛起红晕笑靥，仿佛是在叙述自己的恋爱故事呢。讲着讲着，她便会低低地唱起来，像吟诵一首古诗，声音十分悦耳。每一首词儿，我都耳熟能详，却是越听越想听。我至今牢牢记得她唱的《十八岁姑娘》：

十八岁姑娘学抽烟，银打的烟盒儿金镶边。

不好的烟丝她不要抽，抽的桔梗兰花烟。

姑娘河边洗丝帕，丝帕漂水水生花。

“撑船的哥儿帮我挑一把，今晚到小妹家里喝香茶。”

“我怎知姑娘住哪里？”

“朱红的门儿矮墙里，上有琉璃瓦，下有碧纱窗，小院角落里有株牡丹花。”

“姑娘呀！我粗糠哪配高粱米，粗布哪配细绸绫。”

“阿哥阿哥休这样讲，十个手指头伸出来有长短，山林树木有高低。”

现在看看这段词儿，当年农村少男少女的恋爱，不也非常热情奔放吗？

月亮好的夜晚，母亲就为我唱《月光经》。她放下手中的活儿，双手合掌，一脸的肃穆神情。《月光经》的词儿是这样的：

太阴菩萨上东来，天堂地狱九层开。

十万八千诸菩萨，诸位菩萨两边排。

脚踏芙蓉地，莲花遍地开。

头顶七层宝塔，月光婆娑世界。

一来报答天和地，二来报答父母恩，三来报答阎罗天子地狱门。

弟子诚心念一遍，永世不入地狱门。

临终之时生净土，七祖九族尽超生。

母亲闭目凝神，念完一遍，俯身拜一拜。那份虔诚的尊敬，充分表现了母亲坚定的宗教信仰。其他还有《干菜经》《灶神经》，每一首经的音调，都给人一种沉静稳定的力量。每一首的词儿，也都令人回味无穷。例如《灶神经》中最精彩的句子：

不论荤素口，万里去修行。

八月初三卯时辰，手做生活口念经，

一天念得三四卷，胜过家中积金银。

黄金白银带不去，只带灶神一卷经。

细细咀嚼，使你安心知足，这也许是母亲能一生安贫守拙、淡泊自甘的主要原因吧！

母亲最后总是以一首《孩儿经》催我入梦：

孩儿孩儿经，亲生孩儿有套经，抱在怀中亲又亲。

轻轻手儿放上床，轻轻脚儿下踏凳，轻轻手儿关房门。

门外何人高声喊，摇摇手请莫高声。

只怕孩儿受惊哭，只愁孩儿睡不沉。

孩儿带到一周岁，衣衫件件破前襟。

孩儿养到七八岁，请来老师教诗文。

孩儿长到十七八，拜托媒人来说亲。

娶了亲，结了婚，亲爹亲娘是路人。

有话轻轻讲，莫让堂上爹娘得知音。

爹娘吃素凭你面，没块豆腐到如今。

娇妻怀胎未满三个月，买来橘饼又人参。

爹娘要你买块青丝帕，声声口口回无银。

娇妻要买红丝帕，打开银包千两银。

《孩儿经》我从襁褓之时听起，渐渐长大以后，听一回有一回的深切感受。父亲去世以后，我拜别母亲，去上海续学。孤孤单单住在学校宿舍里，无论是月白风清，或雨暗灯昏的夜晚，我总是拥着被子，一遍又一遍地念着《孩儿经》。感念亲情似海，不知何以为报，常常是眼泪湿透了半个枕头。

我虽远离母亲，求学他乡，而多年的忧患，使母女的心靠得更近。我也已成人懂事。想起母亲一生辛劳，从没享过一天清福。哥哥的突然去世，父亲的冷淡与久客不归，尤给予母亲锥心的痛楚，她发过心气痛，咯过血，却坚忍地支持过来。我常常想，究竟是什么力量使母亲挣扎着活下去的呢？是外公的劝慰吗？是她对菩萨虔诚的信赖吗？还是为了我这个爱女呢？我夜深靠在枕上读书，常常思绪纷乱，披着母亲为我编织的毛衣，到小小的天井里散步。那时因战事交通阻隔，一封家书常常要一两个月才到达。母亲每封由叔叔代笔的信，都告诉我她身体很硬朗，叫我专心学业。

我毕业以后赶回家中，母亲竟已不在人间。那片广阔寂寞的橘园，就是她暂时安息之所。她生前那么照顾这片果园，她去后，橘子依旧长得硕大鲜红。采下橘子供母亲的时候，不禁思绪潮涌。我打开她的首饰箱，取出那只金手表，指针停在一个时间上，但不知母亲最后一次转发条是在哪一天，哪一个时辰。对母亲来说，时间本来就是静止的，在她心里哪有什么春去秋来的时序之分呢？她全副心意都在丈夫和儿女身上，我相信父亲实在是深深地爱着我母亲的，这就是她生活力量的泉源。

相逢是别筵

一个月前，因偶然的机会，得与外子[①]同去香港，在临行前的一个星期，我们的心情就开始起伏波动。倒不是为了得以见识国际性的会议场面，而是因为他得以与阔别二十五年的好友刘大汉君会晤。我与刘君虽未见过面，而从他们往还的书信中，已认识他一大半。他长于书、画、金石，并对国医针灸有很深的研究，是个道道地地的中国文人雅士，相信见面时，我们一定可以畅谈。

到香港行装甫卸，外子就拨电话给他。握着话筒的手有点颤抖，我在边上，也跟着“坐立不安”起来。他与二十多

① 外子：旧时妻子对人称自己的丈夫为“外子”。

年阔别的知己，马上可以见面了，怎么不兴奋呢？

半小时后，刘大汉的双手，已紧紧和我们相握了。他比我想象中沉默，也更朴实。骤然间，三个人面面相觑，似乎有一分意想不到的陌生之感。我忽然想起他与外子通信都是用文言文的，写文言信的人，一定比写白话信的人更含蓄、更有深度。我这样想着，不由得也拘束起来。他是广东人，“国语”久不用，已不太流利，好像费好大的劲才说出一句话来，生怕我们听不懂，再用笔写在纸上。外子是四川人，数十年乡音不改，他们二人起初有点像呆头鹅似的，断断续续说着话，我在一边默默瞧着，心想这一对好朋友，学生时代住在一间寝室里，是怎么无话不谈的？比手画脚吗？我几乎要笑出来了。

大汉因我是浙江人，不由分说，就把我们带到一家名“天香楼”的高级杭州餐馆，请我们吃大螃蟹。我不愿因我们杀生，也劝外子别吃，可是说时迟，那时快，两个大蟹已经端上桌子。我还是坚决不吃，由他们二人持螯对酌。我也喝着酒，吃菜相陪。看他们对吃蟹毫无经验，把肥肥的蟹肉连同蟹壳，像嚼甘蔗似的嚼一阵就吐了渣。可是他们那份高兴全不在吃蟹这回事上。在大汉是最知己的朋友来了，就要拿香港最时新、最名贵的菜肴来款待他。在外子呢，故人把最好的东西请他，再怎么不会吃也是滋味无穷的。倒是饮了几杯陈年名酒以后，顿感有千言万语，无从说起之慨。原来大汉本性就木讷寡言，高兴之下，就只会为我斟酒搛菜。外子平时虽不健谈，而遇到老乡时，也会大摆龙门。今夕见到久别重逢的老友，却真个两心相契，欲辩忘言，外子忽然冒出一句："大汉，你记不记得，我尝第一根奶油冰棒是你买给我的？"大汉木木然摇了下头说："是吗？我不记得了。"彼此又沉默了半晌，只好重复地说："真快，一转眼二十五年了。"想起杜甫诗中"夜阑更秉烛，相对如梦寐"的感觉，真是一点不错。回到旅邸，我跟外子说："尽管你俩都跟没嘴葫芦似的，我却从你们笨拙的举止中，深深体会到你们那一份深厚的友谊，尽在不言中了。"会期结束后，为了能与大汉多聚聚，决定在港再留两天。最可惜的是他夫人因一位长辈病危，须臾不能离开，无法分身。她前年来台时，我正访美未归，这次我去港，又不得相见。人生的遇合，竟是如此不易。

我们把整整两天都交给大汉安排，他沉默少表情的脸上，也浮起了笑容。九龙部分，我们已随团体观光过了，他就带我们渡海去香港。搭高楼公共汽车穿海底隧道，对我们来说，自有新鲜的感觉。大汉是老香港，每天不知要搭多少次公交车。站在拥挤的人群中，或走在熙来攘往的人行道上，个个都神色匆匆，人人都漠不关怀。但今天尽管周围是同样的陌生面孔，紧紧靠在一起的，却是两个阔别多年的知己，无论怎样人海茫茫，他们彼此都不会有孤单之感了。我看他们脸色凝重，是不是想紧紧抓住这片刻的欢愉，不使消逝呢？

傍晚时分，我们坐缆车上太平山顶。落日正恹恹下垂，一片殷红，透着无限苍郁。大汉惋惜地说："昨天特地带了相机来，不见落日；今天落日这样美，却又没带相机。"我呢？最轻便的相机也忘了带，想想一生中错过的好机缘太多，今天的落日彩霞，也只好印之于梦中了。

在山顶炉峰茶室坐下来，他们喝红茶，我喝咖啡。与老友班荆道故，应当有酒逢知己、豪饮千杯的情怀才对。可是大汉的神情看去总有点黯淡，我们也都豪放不起来。望着玻璃长窗外，落日已沉，暮色渐浓。一片苍苍郁郁之中亮起了万家灯火。这也是大汉特地带我们来观赏的灯海，三个人都良久默无一语。如此繁华而陌生的都市，对我们来说，总有一分日暮途远、人间无路的苍凉之感。大汉收回茫然的眼神，喝了一口红茶，叹息似的说："香港也就是此地较清静，可远离尘嚣，所以我时常来。"我望着闪烁的灯光，心里想他是为了要登高望远，逃避这个十丈软红的人世间吗？真个是"下流诚难处，望远亦多悲！”以大汉孤芳自赏的性格，实不宜处此大都市中。可是二十余年来，他在势利纷扰中，近之而不染，孤芳依旧。这也就是他落落寡合的主要原因吧！我想起辛弃疾的词：“众里寻他千百度，蓦然回首，那人却在，灯火阑珊处。”岂不正是他的写照呢？

“香港这个地方，真会把一个纯洁的心灵腐蚀掉。”他幽幽地说，“我一个大学时代的好友，却在合作事业上欺骗了我，现在他不知去向了。”

他没有告诉外子这个朋友是谁，如说出名字来，外子可能也知道，而他不说。可见他丝毫也不怨恨他，反而怀念他。他也没说事业合作的经过，没说损失了多少金钱。可见他并不心痛金钱，他心痛的是一份友情的失落，和人心的多变。

“我感到很疲乏，更厌倦了香港这个地方，所以只想跑远一点。”他端起杯子，一饮而尽。红茶早已冷了。那凉凉的苦涩滋味，和着他许多没说出的话，一起咽了下去。我也默默地喝下最后一口咖啡，平时最喜欢的咖啡，现在也变得如此苦涩。

停了半晌，外子说：“到台湾来吧，以你的才华，一定有发展的。”

他淡然一笑说：“我大学毕业文凭都丢了。”

“申请教育部可以补发的。”外子赶紧说。

他眼神亮了一下，却又闲闲地说：“再讲吧。也许我要跑得更远些，索性到一个完全陌生的地方去。”

“何必投荒异域呢？回来吧。你先回来看看，二十余年来这里的繁荣复兴是你意想不到的。何况人进入中年，能与二三知己，在事业上以至诚携手合作，才是人生一大快事。”外子恳切地说。

他并未马上作答，却似深为感动，命侍者换来热茶。大家的心情也似开朗多了。我打趣地说：“两天来你的‘国语’进步多了。”他笑了，笑得很明亮。他对我讲了许多关于金石和印泥的常识，又写了几个字给外子说：“我要为你刻这样一个图章。”我们一看是“老子姓李”。可见他正有他的风趣，他又说：“可惜内人不能来陪你，她真好，我的孩子们也个个都好。”由他那几个简单的“好”字，透露出他由衷的欣慰之情。我知道他夫人的温柔、贤淑，在他失意时，一定给他无限的宽慰与鼓励。人生最大的幸福，莫过于夫妻骨肉之爱，滔滔浊世中，除此以外，更有何求？

次晨阳光普照，他带了相机，我们在皇后像广场与大会堂拍了几张照。我告诉他我要试坐每一种交通工具，于是他带我们坐二层楼电车、迷你公交车，在市区逛了百货店、书店、文具店，到每一处他都有熟人。他与人打招呼时，总是那一份诚诚恳恳、朴朴实实的神情，没有丝毫商场中的海派。在香港这个光怪陆离的社会中，大汉却永远保持了他的书生本色，真个是“质性自然，非矫厉所得”了。

傍晚，他送我们到天星码头轮渡口。因次日我们要返台，固不愿再劳他远送机场，又希望能再见他一面，心情十二分矛盾。外子紧握着他的手说：“我们还是就在此暂时道别吧，希望能在台湾再见好吗？”他坚决地说：“不，明天机场再见。”

他目送我们上了轮渡，汽艇突突突地离岸而去，在苍茫暮露中，大汉的身影也逐渐模糊了。虽然我们心中都存着明天再见的希望，却已有无限依依惜别之情。

在机场，由于时间的差错，彼此竟错过再见的机会。提着大汉赠我们的厚馈，我们在人丛中遍寻不见他，心中怅惘万分。飞机升空以后，留在我脑海中的一直是大汉在暮色苍茫中，踽踽离去的背影，我念着杜甫“更为后会知何地，忽漫相逢是别筵”的诗句，乃不禁泪水盈眶。

回台的当晚，我们就写了一封长函给他，无限的感激，无穷的盼待。他的回信马上来了。是他二十余年来最长的一封信，也是第一次用白话文写的。他说：“赶到机场，已不见你们，只好跑上看台，希望能见你们上飞机的背影也好，可是也失望了，只见飞机冉冉升空，穿过云层远去，远去了。”其实台港不过一水之隔，却是如此的“相见时难别亦难”，读信又不禁黯然。

他谈起童年时代随母亲度过的乡居生活，大学时代言笑晏晏的无忧岁月，北碚的晨晖夕照，以及事业的多次挫折颠簸，娓娓道来，亲切犹胜于面谈。外子另一位深知他的同学说，大汉是个感情十分含蓄的人，内心的热情远胜过言辞所能表达的，但这封信可说是表达无遗了。

他说：“在港二十年，内心常感到非常寂寞，不是朋友不多，而是可以谈知心话的朋友太少。”这是他热情人在这个炎凉人世的深沉感触。他又想起了那个辜负他一片至诚的朋友说：“我不是为钱财的损失痛惜，而是为一位朋友在道义上、品德上的堕落而悲痛。”

最后他说：“近年来越期望能过一种恬静朴实的农村生活，读读书、写写字，摆脱都市的营营役役。明知这期望不易达到，但个人性情之日趋淡泊却是事实。”他希望有一天能和我们在一起，也算偿平生之愿了。

天下事在人为，他既有此愿心，又何患不能实现呢？

他寄给我们合摄的照片，背面题着：

二十五年前，台湾分袂同旧雨；

三千里外，香江聚首共征人。

无限沧桑之感，不尽知己之情。我们又立刻去信劝他决心来台，古人说："一回相见一回老，能得几时做弟兄。"人寿几何？希望他不要再犹疑，此信去后，尚未得他回音，想他正在做来台考虑。我们热切地盼待着，相信他不会令我们失望的。

《我的另一半》补述

我曾写过一篇《我的另一半》。刊出后他看了颇感委屈，认为我写的全是他的缺点，优点却只字未提。我再仔细想想，他确实也充满优点，怎么竟忘了提呢？为了对他致十二万分的歉意，特作此补述，专记他的优点如次：

他看报看得十分地仔细，遇到书的广告，是绝不会漏过的；又喜欢逛书店，发现一本与他业务有关或符合他兴趣的书，立刻买回来。认为我一定喜欢的书，也立刻买回来。两个人各捧新书，就可消磨一个静静的夜晚。我边看边赞叹："真好，我差点错过一本好书。"他就得意起来了："本来嘛，我买的书绝不会错。告诉你，我是个'书探'，比好莱坞的'星探'还要锐敏。"

瞧他那股子踌躇满志的样子，就连忙对他谢谢。他自号“书探”确实有道理，他更应尊称为“字典探”，对于各种中英文字典，他探究得非常清楚，买得十分齐全。他对我指指点点地说:“这本文法分析得最彻底，这本例句最多，这本‘同义字比较’最详细……”每本各有特色，他说来如数家珍。为了翻译一本会计学方面的专业书，对于各种讨论翻译的理论书，他也几乎全部具备。有的书他不一定都看完，只在目录上打钩。我说:“家里的书已经泛滥成灾了，不看的又何必买？”他说:“先买了，到有疑问时一查就得，那份乐趣就值回票价。书不怕多，这叫作‘养兵千日，用在一朝’。”有的书，他却圈点画线，仔仔细细地阅读。看到入神时，面露笑容，好像已经搞通了。可是自己翻译时，摇了半天笔却摇不出一个字来，笑容顿敛，双眉紧蹙。我问他何以如此困难。他说:“许多书上的原则，等到真正运用时，却又格格不入。”我说:“这就好比游泳，把原则都记住了，跳进水里还是不会游。你得自己去适应水性，慢慢体会，甚至要忘掉原则，专凭体会。”他连连摇头说:“不行，不行。我这人做事，一直都凭原则。”他最相信的是“书上说的”。多年前，朋友们为了他平时工作太认真，消遣太少，曾鼓励他偶然打个四圈卫生麻将，以松弛神经。他接受了。朋友给他一本《麻将经》，他费了好几个夜晚研究透彻了。于是开始练习方城之戏。他每抓进一张牌来，嘴里都要念念有词："书上说的，唔，应当先丢这一张。"结果呢，往往放大冲。他又喃喃地说："奇怪，书上是这样说的，这不可能嘛。"朋友劝他："你应当活用呀！"他还不服气地说："我当年学打桥牌，学下围棋，都根据书，觉得都很有道理。"他有一次新年里打了四圈牌，除了那三家自摸的以外，就是他放的冲，输得清洁溜溜。即使如此，三家中的任何一家，也都不愿舍命陪君子，因为他考虑之周，出手之慢，叫人等到忍耐的边缘。我的一位朋友说："陪你先生打牌四圈，可以同时织完半件毛衣，看完一部长篇小说。"因此他没有牌友，也失去兴趣了。

现在再回头说他的翻译工作，我劝他不要尽信书，他对我所说的话，有原始性的反感，正如他的话对于我一样。直到有一次，一位翻译前辈指点了迷津，他才恍然大悟，把心情放松。这位前辈说："翻译第一要'化'，不能拘泥于原文，也不可自作主张。你得先把原文读到彻底了解，再整个打散开来，以中文的思想、习惯与文法，重新组合。这才是最顺畅、最忠实的翻译，切忌洋腔洋调。至于如何读懂呢？很简单，只要找出主词、动词就好了。其他挂灯结彩的都属于形容词、副词子句或词组。如同建造房屋，柱子栋梁先支起来，其他的附属物或装饰后来再加。”他听了这番指点以后，信心大增，遇到困难时，在一大排字典中抽出一本查了，不够明了，再打开一本翻译理论再三比较。一定要彻底了解后，才写下一句。往往一小段原文，耗去整个夜晚。我说他像这样蜗牛似的进行速度，哪天才译完一本书？他说：“我的目的不在译成一本书，只是借此探究英文遣词用字的奥妙精微之处。即使耗光一整天，能获得一字一句的精义，因而写出一句天衣无缝、切合原作的好译文，便感乐在其中了。”

单就此点，便可知他读书、做事、为人的态度了。

他有一句口头禅，就是：“《增广》上说的。”《增广》是什么呢？乃是《增广昔日贤文》的简称。那是旧时代的名人语录。在他幼年时代，就由他父母亲口授背熟了的。里面都是有韵的对仗，充满了为人处世的道理。他动不动就从头把序文背给我听：“昔日贤文，诲汝谆谆。集韵增广，多见多闻。观今以见古，无古不成今。知己知彼，将心比心。酒逢知己饮，诗向会人吟……”一口四川调，有板有眼。在日常生活上，他随时都用得上。比如训儿子时，他说：“告诉你，前三十年子敬父，后三十年父敬子。你现在还没成年，得听老子的话。”遇到学人们衣锦荣归时，他就说：“前三十年看父敬子，后三十年看子敬父。这就叫世故人情。”我听听这两组格言之中只差一个“看”字，意思却完全不同。他有时睡眠不好，我有点担忧，他说：“前三十年睡不醒，后三十年睡不着。这是自然现象，不必担忧。”光是“三十年”，他就能念出三套哲学。《昔日贤文》，真个是“诲汝谆谆”呢！难怪他世事洞明，人情练达。

他那种一丝不苟的脾气，是他成为一个标准公务员的主要原因。他办公根据法令，日常生活根据古训。你要是求他通融一下，他把头摇得拨浪鼓似的说：“不行，不行，我是择善固执，绝无通融。”

再说买东西吧，从衣着到日用品，他一定是“货走三家不吃亏”，至于大件的电器设备，更是比较又比较，打听再打听。厂家、牌子、性能，一份份的说明书，研究得清清楚楚，一经选购，就绝不后悔，而且愈使用愈发现它的优点。不像我，看到一样东西，就一见钟情，不管有无实用价值，糊里糊涂就买回家，却是愈看愈后悔，愈用愈发现它的缺点。他笑嘻嘻地说：“这就是因为你什么都是感情用事，连买东西都不例外。”

我若偶然给他买点袜子、手帕之类的，他总是左右挑剔，不是颜色不对，就是质地太差，叫我非常泄气。他如为我买点小东西，我也以同样态度报复他。所以除了书以外，他也不再为我买东西。有一年他去日本，千里迢迢地倒是为我买回一个粉盒，素素淡淡的银白色，上面一朵荷花。我立刻埋怨："你怎么不买镶彩色亮珠的呢？你不知道我喜欢亮晶晶吗？"他说："你这人怎么这样没有艺术修养，亮晶晶多土，荷花多高雅，出淤泥而不染嘛。"我还是不欣赏，今年勉勉强强取出来用，竟愈看愈可爱，真不能不佩服他的眼光。

他会计工作干久了，就养成这种挑剔的习惯，比如我拍的照，他一定要仔细分析，拿起一张用左手遮住半边说："你看，构图差一点，镜头移过来一点就好了。"再拿起照片，摆得远远的，眯起眼睛看了半天说："距离不对，主体显不出来。"每张都一无是处。我写的稿子，未寄发前，他一定拿起笔，在上面勾勾杠杠，提醒我某处用字未妥，某句词不达意，某段文气未贯，批评得体无完肤。文章是自己的好，我起先总是不服气，再仔细一推敲，真觉得"夫人不言，言必有中"，只有照他的指正修改后才寄。刊出来以后，得意的不是我倒是他。我说："你这样会改人家文章，为何自己不写呢？"他说："我是核稿的，不是拟稿的。"我忘了他原来还是个小小主管，真是失敬失敬。他在办公室里核稿的瘾过得不够，回到家里还得过。

他告诉我有一个人，退休家居后，无缘无故体重减轻，食欲不振，他太太大为恐慌，担心他得了癌症，赶紧陪他去看大夫；大夫仔细检查的结果是一切机能健全，完全是由于心情上的空虚之感所引起。太太恍然大悟，马上在家中为他特别安排一张小小办公桌，一切文房四宝俱全，每天一早把菜单及家用收支账目开列明细表，夹在公文夹中，恭恭敬敬递给丈夫审核，丈夫在上面批批改改，签个“可”字，顿觉精神恢复正常，饭量大增。这个故事也许有点夸张，但也可以想见“空虚”之可怕。像他这样一点一画核稿认真的人，一旦退休的话，我也得为他准备一张办公桌。我是个不记账的人，到时候我只有把所有的未定稿，甚至给朋友写的信，都呈给他审核一番了。

最后，得说到他随年事而增的慈悲心。他本来是个有洁癖的人，反对我饲养小动物。历年来我从水沟里、道路边救回来的小狗小猫，一只只都是被他送走的。可现在却有一百八十度的转变。对于我的爱宠黑猫凯蒂，他对它由容忍而喜爱。凯蒂对我的爱抚视为当然，常常对我高视阔步，爱理不理。而对他却是万般奉承，送迎周到。他叫：“凯蒂，打个滚。”它马上在他脚背上打个滚。他叫：“凯蒂，眯眯眼。”它马上眯眯眼。冷天里，凯蒂总喜欢睡在他怀里。他摸着它的背慢条斯理地说：“凯蒂，你穿了皮袄还怕冷呀？真是把福享尽了，看你下一辈子还想不想做人？”凯蒂咪唔一声表示同意。

有了凯蒂在他怀里，他就可以理直气壮地跷起二郎腿，看书看报，要我为他递茶递水，我说为什么不自己动一下呢？他说：“免得打扰你的宝贝凯蒂呀，你看它睡得多好，在我身上，它有一份安全感。”

于是我也心甘情愿为他伺候一切。不是为凯蒂，而是为了感谢他的这一份爱心。

遥寄楠儿

楠儿：

你动身南下高雄上船的那个夜晚，我和你爸爸只陪你走到巷口，目送你背着简单的旅行包，在蒙蒙细雨中渐行渐远，消失在马路转角处。我知道在马路转角那边，一定有你一群知心好友在等你，浩浩荡荡地拥着你上火车。你不会感到孤单的，也不会珍惜行前和双亲片刻的相聚。这也是我和你爸爸不送你上火车站的原因。

我们默默地又在蒙蒙细雨中走回家门。淡淡的路灯，照着湿湿的马路，雨丝飘在手背上、面颊上，眼前浮现的却是吐着浓烟的列车，在黑夜中把你带向远方。我素来爱雨，你离家时正巧也是微雨轻寒之夜，“雨”却使我感到黯然了。

那天中午，只由我们在餐馆里请你吃了顿简单的西餐，算是给你饯行，结果还由你爸爸的友人付了账，晚餐我原烧了你最爱吃的鸡翅膀和炸鱼，你却坚持要和朋友话别，不肯在家晚餐。我很失望，你却笑嘻嘻地说："朋友们难得在一起，等我回来时，也许都已分散了。而父母是永久的，我一回台湾，第一是回家，马上就见到了。而且，我和朋友们是眼前乐一阵，至于爸爸妈妈嘛，到了船上，对着大海，再慢慢儿去想念。"看你多会说话，你爸爸就很欣赏你的话，叫我不必固执，更不必牵肠挂肚，"各人头顶有片天"，这是他常常劝我宽心的话。

如今你真个顶着自己的一片天空，远渡重洋，去追寻自己的梦了。我不知道此心是为你担忧，还是为你兴奋。"十八岁的少年郎，就要漂洋过海了"，你曾经自我陶醉地说。可是儿子，漂洋过海，岂止为了好玩，为了欣赏海上的日出日落而已？你是去实习，在机舱里，从转一颗小小螺丝钉学起，一点点、一步步地见习。今天，只是你的起步，你必须认定方向，把稳自己的"舵"。我参观过好几次大轮船和大军舰，看船长或舰长笔挺地站在船头，指挥大船进港靠岸时，脸上凛然的神情，不由肃然起敬。当然，从一个小小的水手，到统领全船发号施令的船长，你的路程何止十万八千里。可是再远的路程，必有起步之点；再远的路程，起了步便有到达的一天。儿子，虔诚地、小心地转你的小小螺丝钉吧，人生是最公平的，上天不会亏待任何人，只要你自爱、自信。

你写信一向是西瓜大的字只有一担，这次你在船上写归的信也不例外。就这一担西瓜大的字，也叫我放心不少，安慰无穷；因为你究竟没有骗我们，到了船上，对着大海，你确实在慢慢儿想念爸爸妈妈了。儿子，浩瀚的大海，起伏的波涛，日出日落，月亮、星星，可曾给你什么样的感受呢？和台北市西门闹区五光十色的霓虹灯、咖啡室中腾腾的烟雾可有什么不同呢？你一定体会到那是生活的另一面。有了多面的生活，生命才有棱角，才更坚忍、更壮美。这些话太抽象，现在和你说也嫌太早，但你会原谅我的，妈妈本来就是个唠唠叨叨的人嘛。

我想象着，你从热烘烘的机舱里走出来，爬上甲板，坐在船头。夜已很深，海上风平浪静，你身上穿着林阿姨送你的浅蓝套头毛衣，外披爸爸给你的中式棉袄，眼睛望着海天远处的茫茫一片，你心中在想些什么，还是什么都没想？你有没有想到夜深人静，爸爸妈妈是否还在灯下工作呢？因为你在家时，常于一觉醒来，问我们：“怎么你们还没休息呀？”我们都有迟睡的习惯，忙碌的工作反使我忘忧。否则，你的远行，将更叫我牵肠挂肚了。我说这些，并不是要你时刻想念父母，男儿志在四方，岂可老是想家？但水有源，树有根，一个时时以父母为念的人，在立身行事方面，就会把握正确的方向。你爸爸曾给你讲过“弟子入则孝，出则悌……泛爱众而亲仁”的道理，你当时听了也许无动于衷，年事渐渐长大以后，你就体会得出，儿女对父母的爱，并不浅于父母对儿女的爱。爸爸妈妈年逾半百，我们最津津乐道的是童年时代偎依在双亲身边的欢乐，最最抱憾的是不能菽水承欢，让双亲享受安乐的晚年。正因我们时刻想念着他们无边无尽的爱，我们才能终身努力不懈，做个正正派派的人。你会在船上慢慢地想念爸爸妈妈，我就可以断定，你也一定会终身努力不懈，做个正正派派的人。

你走后，我整理你书桌抽屉，发现你满满一抽屉的信件，朋友的，父母的，你都分别归类，哪怕是我给你的片纸只字，训斥你的、劝导你的、嘉勉你的，你一封也没丢弃。你是如此重情谊的孩子，使我好感动、好安慰。床下的一个大纸匣，是你理好的画像、纪念册、小学作文周记簿，我随意翻开一页，又看到那最令我歉疚的一段，你写的是：“黑黑的书房，暗暗的灯，一个小小的人儿，独自在写功课。”儿子，那时我们把你一个人摆在书房里，独自写功课。一则是我们各自忙各自的工作，二则总认为孩子应当独立，不必陪在一旁，却没想到你是那么地想倚在双亲身边。如今你双翅已丰，可以独自飞翔，可曾想起灯下写功课的日子？也许我们没有错，你小小年纪，胆量较大，也许就是这样训练出来的。

去年母亲节，你深夜未睡，我频频催你就寝，你只是含糊地答应。次晨，我看见饭桌上摆着一样新奇的东西——你用红头火柴，以强力胶粘成立体的“快乐”二字，一张厚纸上，写着“妈妈，给你快乐！”几个大字。我真无法形容你给我的“快乐”有多么的多。我马上打电话先告诉最最疼爱你的林阿姨，让她也分享我的快乐。她说希望你高兴时也给她用火柴做一个小玩意儿，她对你有信心，知道你会别出心裁。你答应了，你也偶然地粘粘弄弄，可是始终没有拿出东西来。临走以前，你才给我看，那是一幢小小的房屋，里面藏着一匹瓷质小马，你知道林阿姨爱马。但你仍未完成，你答应回来后要做好，双手捧给林阿姨。

你知道几位阿姨都疼你，见面或电话中都在问你的情形。楠儿，你承受着这么多的关爱，你是多么地幸福。人生的幸福，一半是上天赐予，一半靠自己创造。愿你格外珍惜。

你问起小白猫，我不得不告诉你，它又病了。我再把它送到台大家畜医院治疗，大夫说它可能是遗传性的癫痫症，很难根治。可是它是你的爱宠，也是我的爱宠，我一定要尽心照顾它，使它康复。

前天夜晚，在巷子口又看见一只瘦弱的小猫，一声声地哀叫着，如果你在家，一定又会把它抱回来，双手放在我怀里。我也几次想把它抱回来，救它于饥寒之中，可是你爸爸再三叫我理智点。他说得也对："世界上多多少少苦难的人类，你只是没有亲眼看见而已。把眼光和心境放远大一点，省下精力，多做点更有意义的事吧！"于是我狠心转脸走回家，不忍反顾。可是小猫的哀嚎久久在耳，不能忘怀。这越发使我想到世界每个角落，都有痛苦无告的人类，等待我们伸出援手。更有残酷的魔王，天天在摧毁生命。我想着越南战场的尸横遍野，想着印度骨瘦如柴、奄奄待毙的饥民。我们的至圣先师教我们要由仁民而爱物，而今天的世界，"仁"在那里，"爱"在哪里呢？想到这里，我们真是寝食难安。儿子，我跟你谈这些，并不是要对你说教，只为你是年轻的一代，你又是天性仁慈，我要把人类和平相处、互助互爱的希望寄予你们新生的一代。我们千万不要怨天地不仁，愚蠢的是人类自己。然而上苍既赐予我们以良知与智慧，只要加以培养与扩充，相信人世的浩劫是可以避免的。

夜已深，我应当停笔了。最近台湾天气连日阴寒，你的航行方向却是愈走愈暖，我不必担心你不穿衣服受寒。转眼就是农历新年，这是你第一次没有在家过年，而且竟在四顾茫茫的海上度新年，相信船长会为大家安排一个庆祝晚会，以慰大家思家之情的。

每年除夕祭拜祖先后，你就伸手向你爸爸和我要红包，“红包里的钱数要随年龄递加”，这是你说的。今年，我会把红包塞在你的枕头下，等你回来时亲手去摸出来。想起你幼年时过圣诞节，早上一觉醒来，从枕边摸出圆滚滚、亮晶晶的弹珠时，你笑得好快乐，连连说：“谢谢圣诞老公公，谢谢爸爸妈妈。”儿子，你即使到了而立之年，在妈妈心中，你永远是个把圣诞老公公和爸爸混在一起的孩子。记得你在小学作文里写过：“我和爸爸手牵手，脚并脚，一同散步，我们父子手足情深。”儿子，你“手足情深”的爸爸也无时无刻不在想念你呢！

妈妈

妈妈，给你快乐!

我又小心翼翼从书柜中捧出那一对“快乐”，仔细端详。那是好几年前的母亲节，儿子用好多红头火柴拼搭而成，再用强力胶粘得牢牢的立体型的“快乐”二字。那么地别致，那么地古朴。它们好像在对我微笑。记得那个深夜，儿子一直不睡，我催了他好几次：“该休息了，明天要上学。”他只是连声答应着。第二天我起床，他已经走了，饭桌上却摆着这两个字。边上一张字条，写着：“妈妈，给你快乐！”我眼中溢满泪水，儿子啊！难为你这般细心。只要这两个字，只要是你亲手搭出来的这两个字，就扎扎实实地给了我无边无际的快乐。

时间过得真快，如今他已二十出头。这其间也不知又经过了多少个母亲节。这一对立体的“快乐”二字，因强力胶年久失效，骨架已经不稳。每当我用布擦橱里的灰尘时，一碰就倾斜了，我小心地把它们扶正。红头火柴的殷红颜色亦已褪损。可是它们在我心目中，是多么宝贵的礼物。每一位朋友来时，我都要指着告诉他们：“这是我儿子的杰作，你看他多细心。”

有一次，我曾对儿子说：“你有空的话，是不是愿意拿强力胶把它们再粘牢一下呢？”他漫应着：“好吧！”可是“快乐”二字，依旧是歪歪斜斜的，吃力地支撑着，就像我工作了一整天，歪歪斜斜的，吃力地倒在沙发椅里。有时，我望着那一对“快乐”，喃喃地说：“他怎么变得这么粗心了呢？”他父亲淡笑一下说：“算了，快乐是要你自己寻求、自己建立的，哪会在这一对弱不禁风的玩意儿上。”他究竟是男人，可是我偷觑他时，他的神情也是黯淡的。

记得一个朋友说：“孩子小时是你孩子，长大后就不是了。”思果先生的文章中说：“人一过中年，就有一种萧瑟之感，希望和成年的儿子谈谈心。”最尴尬的就是下一代早不再扶床绕膝，又不愿和你谈心的那份心情，正不知何以自遣。再想想时代已经不同了，人总得学硬朗点。多愁善感，在年轻人眼中又算得怎么回事呢？有个美国友人来信说：“孩子幼小时踩在你脚尖上，长大了踩在你心尖上。”原来这种感伤，中外都是一样。

回想自己幼年至长大成人，享尽了母亲天高地厚的爱，及至大学卒业回故乡，母亲已不在人间。母亲去世时刚刚是六十岁，在今天寿命标准看来尚是壮年，但因她一生辛劳忧伤过度，不得再享高年，我怀着满腹悲怆，却未能尽一日孝心。如今自己也将是耳顺之年，纵然也是一生辛劳忧焦，又有什么可以埋怨的呢？

那时候，并没有特别为母亲安排的节日，即使有，母亲也不会重视。母亲重视的是清明、端午、中秋、新年。她忙上加忙，忙得好精神、好高兴。她的节日只有每年正月初七的庙戏，因正月是闲月，母亲才在洗刷停当以后，换上新的青布罩袍，摇摇摆摆地去看一出《郑元和学丐》或一出《赵五娘吃糟糠》，回来后就够她和五叔婆念上好几天的戏词了。还有七八月的台风天，不晒谷子不晒干菜，她才得闲叫住过路的瞎子先生唱几段鼓词。母亲也会唱：“十八岁姑娘学抽烟，银打的烟盒儿金镶边。不好的烟丝她不要抽，抽的是桔梗兰花烟……”

我从母亲那儿学来好多小调，到今天，一个人在厨房洗刷时就会哼起来，哼着哼着，就仿佛在跟母亲谈天，我常常轻声地说："妈妈，如果你现在还在世的话，我们会谈得多投机啊！"

想着这些，我心里反倒舒坦些了。我把那对娇弱的"快乐"捧回书橱中。儿子正巧从外面回来，兴冲冲地告诉我："妈，我要跟女友去看她的妈妈，你说送她什么作为母亲节礼物呢？"我笑着指指橱里说："也给她用火柴搭一对'快乐'，说'给你快乐'！不也很好吗？"

"那怎么好意思？"他笑了一笑。

"有什么不好？礼轻情意重啊！"我说。

"那是我专门给你做的呀！"他脑筋真快。

"那么再用强力胶把它们修补一下吧！"我趁机说。

"好，等我有空再说。"他拔腿跑了。

我应当耐心地等，总有一天，他会有空的。

一对金手镯

我心中一直有一对手镯，是软软的十足赤金的，一只在我自己手腕上，另一只套在一位异姓姊姊却亲如同胞的手腕上。

她是我乳娘的女儿阿月，和我同年同月生，她是月半，我是月底，所以她就取名“阿月”。母亲告诉我说，周岁前后，这一对“双胞胎”就被拥抱在同一位慈母怀中，挥舞着四只小拳头，对踢着两双小胖腿，吮吸丰富的乳汁。是因为母亲没有奶水，把我托付给三十里外邻村的乳娘，吃奶以外，每天一人半个咸鸭蛋，一大碗厚粥，长得又黑又胖。一岁半以后，伯母坚持把我抱回来，不久就随母亲被接到杭州。这一对“双胞姊妹”就此分了手。临行时，母亲把舅母送我的一对金手镯取出来，一只套在阿月手上，一只套在我手上，母亲说："两姊妹都长命百岁。"

到了杭州，大伯看我像块黑炭团，塌鼻梁加上斗鸡眼，问伯母是不是错把乳娘的女儿抱回来了。伯母生气地说："她亲娘隔半个月都去看她一次，怎么会错？谁舍得把亲生女儿给了别人？"母亲解释说："小东西天天坐在泥地里吹风晒太阳，怎么不黑？斗鸡眼嘛，一定是两个对坐着，白天看公鸡打架，晚上看菜油灯花，把眼睛看斗了，阿月也是斗的呀。"说得大家都笑了。我渐渐长大，皮肤不那么黑了，眼睛也不斗了，伯母得意地说："女大十八变，说不定将来还会变观音面哩。"可是我究竟是我还是阿月，仍常常被伯母和母亲当笑话谈论着。每回一说起，我就吵着要回家乡看双胞姊姊阿月。

七岁时，母亲带我回家乡，第一件事就是去看阿月，把我们两个人谁是谁搞个清楚。乳娘一见我，眼泪扑簌簌直掉。我心里纳闷，你为什么哭，难道我真是你的女儿吗？我和阿月各自依在母亲怀中，远远地对望着，彼此都完全不认识了。我把她从头看到脚，觉得她没我穿得漂亮，皮肤比我黑，鼻子比我还扁，只是一双眼睛比我大，直瞪着我看。乳娘过来抱我，问我记不记得吃奶的事，还絮絮叨叨说了好多话，我都记不得了。那时心里只有一个疑团，一定要直接跟阿月讲。吃了鸡蛋粉丝，两个人不再那么陌生了，阿月拉着我到后门外矮墙头坐下来。她摸摸我的粗辫子说：“你的头发好乌啊。”我也摸摸她细细黄黄的辫子说：“你的辫子像泥鳅。”她啜了下嘴说：“我没有生发油抹呀。”我连忙从口袋里摸出个小小瓶子递给她说：“努，给你，香水精。”她问：“是抹头发的吗？”我说：“头发、脸上、手上都抹，好香啊。”她笑了，她的门牙也掉了两颗，跟我一样。我顿时高兴起来，拉着她的手说：“阿月，妈妈常说我们两个换错了，你是我，我是你。”她愣愣地说：“你说什么我不懂。”我说：“我们一对不是像双胞吗？大妈和乳娘都搞不清谁是谁了，也许你应当到我家去。”她呆了好半天，忽然大声地喊：“你胡说，你胡说，我不跟你玩了。”就掉头飞奔而去，把我丢在后门外，我骇得哭起来了。母亲跑来带我进去，怪我做客人怎么跟姊姊吵架，我愈想愈伤心，哭得抽抽噎噎的说不出话来。乳娘也怪阿月，并说：“你看小春如今是官家小姐了，多斯文呀。”听她这么说，我心里好急，我不要做官家小姐，我只要跟阿月好。阿月鼓着腮，还是好生气的样子。母亲把她和我都拉到怀里，捏捏阿月的胖手，她手上戴的是一只银镯子，我戴的是一对金手镯，母亲从我手上脱下一只，套在阿月手上说：“你们是亲姊妹，这对金手镯，还是一人一只。”我当然已经不记得第一对金手镯了。乳娘说：“以前那只金手镯，我收起来等她出嫁时给她戴。”阿月低下头，摸摸金手镯，它撞着银手镯叮叮作响，乳娘从蓝衫里面掏了半天，掏出一个黑布包，打开取出一块亮晃晃的银圆，递给我说：“小春，乳娘给你买糖吃。”我接在手心里，还是暖烘烘的，眼睛看着阿月，阿月忽然笑了。我好开心，两个人再手牵手出去玩，我再也不敢提“两个人搞错”那句话了。

我在家乡待到十二岁才再去杭州，但和阿月却并不能时常在一起玩。一来因为路远，二来她要帮妈妈种田、砍柴、挑水、喂猪，做好多好多的事，而我天天要背古文，《论语》《孟子》，不能自由自在地跑去找阿月玩。不过逢年过节，不是她来就是我去。我们两个肚子都吃得鼓鼓的跟蜜蜂似的，彼此互赠了好多礼物，她送我用花布包着树枝的坑姑娘（乡下女孩子自制的玩偶）、小溪里捡来均匀的圆卵石、细竹枝编的戒指与项圈。我送她大英牌香烟盒、水钻发夹、印花手帕，她教我用指甲花捣出汁来染指甲。两个人难得在一起，真是玩不厌地玩，说不完地说。可是我一回到杭州以后，彼此就断了音信。她不认得字，不会写信。我有了新同学也就很少想到她。有一次听英文老师讲马克·吐温的双胞弟弟掉在水里淹死了，马克·吐温说："淹死的不知是我还是弟弟。"全课堂都笑了。我忽然想起阿月来，写封信给她也没有回音。分开太久，是不容易一直记挂着一个人的。但每当整理抽屉，看见阿月送我的那些小玩意儿时，心里就有点怅怅惘惘的。年纪一天天长大，尤其自己没有年龄接近的姊妹，就不由得时时想起她来。母亲那时早已一个人回到故乡，过着寂寞幽居的生活。我十八岁重回故乡，母亲双鬓已斑。乳娘更显得白发苍颜。乳娘紧握我双手，她的手是那么地粗糙，那么地温暖。她眼中泪水又涔涔滚落，只是喃喃地说："回来了好，回来了好，总算我还能看到你。"我鼻子一酸，也忍不住哭了。阿月早已远嫁，正值农忙，不能马上来看我。十多天后，我才见到渴望中的阿月。她背上背一个孩子，怀中抱一个孩子，一袭花布衫裤，像泥鳅似的辫子已经翘翘地盘在后脑。原来十八岁的女孩已经是两个孩子的母亲了。我一眼看见她左手腕上戴着那只金手镯。而我却嫌土气没有戴，心里很惭愧。她竟喊了我一声："大小姐，多年不见了。"我连忙说："我们是姊妹，你怎么喊我'大小姐'？"乳娘说："长大了要有规矩。"我说："我们不一样，我们是吃您奶长大的。"乳娘说："阿月的命没你好，她十四岁就做了养媳妇，如今都是两个女儿的娘了。只巴望她肚子争气，快快生个儿子。"我听了心里好难过，不知怎么回答才好，只得说请她们随我母亲一同去杭州玩。乳娘连连摇头说：“种田人家哪里走得开？也没这笔盘缠呀！”我回头看看母亲，母亲叹口气，也摇了下头，原来连母亲自己也不想再去杭州，我感到一阵茫然。

当晚我和阿月并肩躺在大床上，把两个孩子放在当中。我们一面拍着孩子，一面琐琐屑屑地聊着别后的情形。她讲起婆婆嫌她只会生女儿就掉眼泪，讲起丈夫，倒露出一脸含情脉脉的娇羞，真祝愿她婚姻美满。我也讲学校里一些有趣顽皮的故事给她听，她有时咯咯地笑，有时眨着一双大眼睛出神，好像没听进去。我忽然觉得我们虽然靠得那么近，却完全生活在两个世界里。我们不可能再像第一次回家乡时那样一同玩乐了。我跟她说话的时候，都得想一些比较普通，不那么文绉绉的字眼来说，不能像同学一样，嘻嘻哈哈，说什么马上就懂。我呆呆地看着她的金手镯，在橙黄的菜油灯光里微微闪着亮光。她爱惜地摸了下手镯，自言自语着：“这只手镯，是你小时回来那次，太太给我的。周岁给的那只已经卖掉了。因为爸爸生病，没钱买药。”她说的“太太”指的是我母亲。我听她这样称呼，觉得我们之间的距离又远了，只是呆呆地望着她没作声。她又说：“爸爸还是救不活，那时你已去了杭州，只想告诉你却不会写信。”他爸爸什么样子，我一点印象都没有，只是替阿月难过。我问她：“你为什么这么早就出嫁？”她笑了笑说：“不是出嫁，是我妈叫我过去的。公公婆婆借钱给妈做坟，婆婆看我还会帮着做事，就要了我。”说这些话的时候，她的眼睛一直是半开半闭的，好像在讲一个故事。过了一会儿，她睁开眼来，看看我的手说：“你的那只金手镯呢？为什么不戴？”我有点愧赧，讪讪地说：“收着呢，因为上学不能戴，也就不戴了。”她叹了口气说：“你真命好去上学，我是个乡下女人。妈说得一点不错，一个人注下的命，就像钉下的秤，一点没得反悔的。”我说：“命好不好是由自己争的。”她说：“怎么跟命争呢？”她神情有点黯淡，却仍旧笑嘻嘻的。我想如果不是我一同吃她母亲的奶，她也不会有这种比较的心理，所以还是别把这一类的话跟她说得太多，免得她知道太多了，以后心里会不快乐的。人生的际遇各自不同，我们虽同在一个怀抱中吃奶，我却因家庭背景不同，有机会受教育。她呢？能安安分分、快快乐乐地做个孝顺媳妇、勤劳妻子、生儿育女的慈爱母亲，就是她一生的幸福了。我虽知道和她生活环境距离将日益遥远，但我们的心还是紧紧靠在一起，彼此相通的。因为我们是“双胞姊妹”，我们吮吸过同一位母亲的乳汁，我们的身体里流着相同成分的血液，我们承受的是同等的爱。想着这些，我忽然止不住泪水纷纷地滚落。因为我即将回到杭州续学，虽然有许多同学，却没有一个曾经拳头碰拳头、脚碰脚的同胞姊妹。可是我又有什么能力接阿月母女到杭州同住呢？

婴儿啼哭了，阿月把她抱在怀里，解开大襟给她喂奶。一手轻轻拍着，眼睛全心全意地注视着婴儿，一脸满足的神情。我真难以相信，眼前这个比我只大半个月的少女，曾几何时，已经是一位完完全全成熟的母亲。而我呢？除了啃书本，就只会跟母亲别扭，跟自己生气，我感到满心的惭愧。

阿月已很疲倦，拍着孩子睡着了。乡下没有电灯，屋子里暗洞洞的。只有床边菜油灯微弱的灯花摇曳着，照着阿月手腕上黄澄澄的金手镯。我想起母亲常常说的，两个孩子对着灯花把眼睛看斗了的笑话，也想起小时回故乡，母亲把我手上一只金手镯脱下，套在阿月手上时慈祥的神情，真觉得我和阿月是紧紧扣在一起的。我望着菜油灯灯盏里两根灯草芯，紧紧靠在一起，一同吸着油，燃出一朵灯花，无论多么微小，也是一朵完整的灯花。我觉得和阿月正是那朵灯花，持久地散发着温和的光和热。

阿月第二天就带着孩子匆匆回去了，仍旧背上背着大的，怀里搂着小的。一个小小的妇人，显得那么坚强那么能负重任。我摸摸两个孩子的脸，大的向我咧嘴一笑，婴儿睡得好甜，我把脸颊亲过去，一股子奶香，陡然使我感到自己也长大了。我说：“阿月，等我大学毕业，做事挣了钱，一定接你去杭州玩一趟。”阿月笑笑，大眼睛润湿了。母亲忽然想起一件事来，急急跑上楼，取来一样东西，原来是一个小小的银质铃铛。她用一段红头绳把它系在婴儿手膀上，说：“这是小春小时候戴的，给她吧！等你生了儿子，再给你打个金锁片。”母亲永远是那般仁慈、细心。

我再回到杭州以后，就不时取出金手镯，套在手臂上对着镜子看一回，又取下来收在盒子里。这时候，金手镯对我来说，已不仅仅是一件纪念物，而是紧紧扣住我和阿月这一对“双胞姊妹”的一样摸得着、看得见的东西。我怎么能不宝爱它呢？

可是战时肄业大学，学费无着，以及毕业后的转徙流离，为了生活，万不得已中，金手镯竟被我一分分、一钱钱地剪去变卖，化作金钱救急。到台湾之初，我化去了金手镯的最后一钱，记得当我拿到银楼去换现款的时候，竟是一点感触也没有，难道是离乱丧亡，已使此心麻木不仁了？

与阿月一别已将半个世纪，母亲去世已三十五年，乳娘想亦不在人间，金手镯也化为乌有了。可是年光老去，忘不掉的是点滴旧事，忘不掉的是梦寐中的亲人。阿月，她现在究竟在哪里？她过的是什么样的日子呢？她的孩子又怎样了呢？她那只金手镯还戴在手上吗？

但是，无论如何，我心中总有一对金手镯，一只套在我自己手上，一只套在阿月手上，那是母亲为我们套上的。

两条辫子

我没有念过小学，五岁开始，就由一位严厉的老师，在家里教我读书。由认“人、手、足、刀、尺”的方块字，到描红，到背古书。每回背《论语》《孟子》背不出来的时候，就拉起辫子梢来使劲地咬，咬一阵，吐一口口水，再咬再背。有时背古文背到“人生在世……岂不悲哉……”时，昏昏欲睡的眼皮，不听话地耷拉下来，撑也撑不住，心里也不由得“悲从中来”。时常听五叔婆和母亲生气的时候就说：“落发做师姑去。”顿时也萌起剪去两条辫子，到后山庵堂里当尼姑的念头。可是摸摸自己乌乌亮亮的辫子，实在舍不得，再看看《女诫》那本书上，第一页就是曹大家班昭的画像，她穿着全身飘带的古装，翘起十指尖尖的兰花手在翻书页，头上盘着高高的云髻，一串串长长的珠子从云髻上垂下来，垂到前额，一副的雍容华贵，又不胜羡慕起来。心想有一天我长大了，古书也统统会背了，岂不也可把辫子盘到头顶心，盘得跟曹大家一样高，变成个有学问的古装美人，多么好？为了这一点点希望，我只好耐着性子再读、再背。一直背到十二岁，常常走到花厅大屏风镜子前面照照，觉得自己已经老了。尤其是两条辫子，五叔婆总是把它梳得紧绷绷的，一直编到尾巴上，翘在后脑勺像两条泥鳅，一点古装美人的影子都没有，不禁再度地“悲从中来”，想想自己命中注定，要当一辈子的乡下姑娘，永无出头之日了。

没想到出头之日来得非常突然，有一天，在杭州做官的爸爸，回故乡住一段短短的日子以后，就把母亲和我一起接到杭州。那时，乡下人能够去杭州当“外路人”，就比现在去欧洲、去新大陆还要神气。左邻右舍的小朋友都纷纷来给我送行。有的赠我亲手编的竹子知了（蝉），有的赠我角上绣一朵红花的小手帕，有的赠我金黄麦管编的手镯，有的赠我三寸长的坑姑娘（用短短树枝，套上自己缝的花布衫，两手左右直直地张开，只有一只脚，我们叫它“坑姑娘”）。竹桥头阿菊送我的是用嵌银丝缎带打的一对蝴蝶结，亮晶晶的，我最喜欢，她说缎带是城里杨宅二小姐给她的外路货，叫我外出做客时扎在两条辫子上。小长工阿喜特别为我用劈得细细的竹片，编了一个有盖的小竹篓，让我把所有的礼物都放在里面，带到杭州。阿喜说：“听人家说杭州跟外国一样，什么都有，但我就不相信会有这样精致的小竹篓。”阿菊把我紧绷绷的辫子拆开来，梳得松松的，从耳根垂在两肩前面。她说：“杨宅二小姐从上海回来，就是这样梳的，戴上各色各样的蝴蝶结或珠花，才好看呢！你到了杭州，戴蝴蝶结的时候就会想起是我亲手给你做的。”说着说着，她眼圈就红了，阿喜只是擤鼻涕。就要和他们分别，我也只想哭。可是一想起就要到杭州做“外路人”，又不禁打心里兴奋，那种心情是非常复杂的。

母亲给我梳辫子，也跟五叔婆一样，把它编得紧紧的，只剩下一点点发梢，凌空地翘在背后，说免得刷脏了衣服。我暂时不反抗，反正一到杭州，看看人家姑娘的新式打扮，母亲的脑筋也会新式起来的。

到了杭州，父亲就安排我读书的事，听他和母亲说要我跟一位佛学经学大师马一浮老先生读书，先做学徒，要替他擦水烟筒，倒痰盂，拖地板，磨炼心志，才开始传授经书。我一听就急得哭了起来，不敢反抗父亲，只有天天晚上跟母亲跺脚大闹，我边哭边说：“如果真要跟马老先生做学徒，我宁可落发当师姑。”母亲扑哧一笑说：“当师姑就一辈子没有机会把乌亮的头发盘在头顶上做古装美人了。”我心里好急，母亲又不许我出门一步，怕我丢了。每天都躲在后阳台的角落里看文言文笔记小说，回想在家乡自由自在的日子，老师虽严厉，却并没要我倒痰盂拖地板，背完了书，还可以跟阿菊阿喜他们满山遍野地跑，没想到到了外路是这个样子的。我用老师教我的调子念着小说里的诗，念着念着，就泪流满面，仿佛自己也是小说里“观花洒泪，对月伤怀”的“薄命佳人”。那一段日子真是好黯淡好黯淡！我真后悔不该想当“外路人”，我把小竹箩捧在手里，一样样摸弄着小朋友们送我的纪念品，连阿菊送的嵌银丝缎带蝴蝶结都黯淡无光了。

后阳台正对着一所教会办的杭州最有名的弘道女中。我每天望着跟我差不多大小的女孩，穿着短衫黑裙，在碧绿如茵的草坪上，蹦蹦跳跳，玩球，谈笑，好不活泼开心。我幻想着自己能是其中一分子该多好。可是这个幻想跟做马一浮老先生的徒弟相差十万八千里，怎么可能实现呢？母亲最听父亲的话，我知道求她是没有用的。

也许是命运之神对我特别照顾，救星来了。他是我父亲言听计从的好朋友孙老伯，北平燕京大学农学院教授。暑假回乡，顺道来看我父亲。他衔着烟斗或雪茄，父亲吸着旱烟或吹着噗噗的水烟筒，两个人对坐在书房里聊天，我在两种不同的烟味中穿来穿去，心情焦急而兴奋，因为孙老伯一到的当晚，我已悄悄地恳求他说服父亲，答应我考弘道女中。孙老伯教的是农科，英语说得呱啦呱啦的，诗词歌赋，样样都行。父亲很佩服他，他若讲出一套道理来，父亲不会不听吧。果然，孙老伯三言两言就把父亲说服了。他的道理很简单：无论研究什么学问，必须先要有社会科学、自然科学的基本学识，尤其要培养德智体群的道德基础。现在已经不是关起门来死啃书的时代了。何况这所教会女中，管理非常严格，离家又近，是再好也没有了。

就这样，父亲接受了他的劝说，请老师在一个多月中给我补习了算术与公民（那时称“党义”），以同等学力报名投考弘道女中，发榜之日，我列第三，我快乐得眼泪都掉下来。再仔细一看，榜上初中一共录取的只有五个人。原来弘道附设小学，成绩好的直升初中，补名额只取五名。我第三，正是不上不下，心里有点懊恼，都是算术害的，不然的话，凭我那篇响叮当的文言作文，应当稳拿第一名呢。

入学那天，母亲给我换上蓝底红花最摩登的斜襟旗袍，梳好两条光溜溜的辫子，亲自送我到学校。新生训话的时候，女校长眼睛睁得大大地望着我，拉拉我衣服的大袖口说：“下星期起，不要穿花旗袍，要换白短衫、黑裙，知道吗？还有，要把辫子剪掉。”一听说辫子要剪掉，我心里好急好气。辫子是无论如何不剪的。我明明看见草坪上的同学，有穿花衣服的，也有留辫子的，为什么我不可以呢？明明是欺侮新生嘛。回到家里，我又向母亲跺脚，要母亲马上给我做白短衫黑裙，这倒是我梦想着要穿的，可是辫子一定不剪。母亲说：“校长的话就是校规，怎么可以不遵守？”我说她不公平。后来才知道那些穿花衣服的是住读生，通学生在外面走，必须佩戴校徽，穿制服，代表学校。留辫子的是教友家庭子女，好像是在上帝面前许下心愿，要留辫子。我心里好委屈，又吵着也要住校。母亲说：“学校离得那么近，三分钟就走到了，为什么要住校，住宿费又贵。”我仍然赌气地说：“要剪辫子我宁可不读。”母亲说：“少使点性子吧，好容易当上‘学堂生’了，还要怎样，你不读就给老先生端痰盂擦地板去！”这下我才屈服了。那天晚上，躺在床上，抚摸着散开在枕头上柔软软、乌油油的头发，不由阵阵心酸。想起阿菊说的，外路人梳辫子式样新，扎上蝴蝶结，不知有多漂亮，如今一切将化为乌有，她送我的嵌银丝缎带蝴蝶结也没有用了。我的眼泪滴落在枕头上，哭了一会儿，也就睡着了。到底考取中学，当了“学堂生”总是体面的。还有一件值得兴奋的事，就是可以卷起舌头学英文，将来也跟孙老伯一样，英语说得呱啦呱啦的，回到家乡，说给阿菊和阿喜听，才叫神气呢。

母亲连送我去理发店剪发的钱都舍不得，自己拿起大剪刀，咔嚓咔嚓几下，就把我心疼得要命的乌黑长发剪下一大截。母亲的手法并不高明，剪得长长短短狗牙齿似的，还是老师把我再带到理发店里，重新修齐了。母亲把剪下的一大把头发仔细包好，我问她："妈妈，听说我小时候打光光以后（家乡话婴儿第一次剃头），您把我的头发包成一小包，送到庙里保佑我长命百岁。现在这把头发又有什么用呢？"母亲说："留给我自己当假发用，我的头发已经掉得越来越少了。"这一说，我才注意母亲脑后的发髻真的变得很小了。我问她为什么头发会掉得越来越少？她叹口气说："还不是为了你操心。"我低下头想了一阵，忽然说："我的头发加在你的里面，我跟妈妈是结发了。"她啐了我一口说："什么结发不结发。"我顽皮地说："我知道，妈跟爸爸才是结发夫妻，跟我是母女连心。"母亲笑笑说："你知道这个就好，那你以后上了学，要好好用功，听老师的教导，妈妈就不用操心，头发就不会再掉了。"

一个星期以内，母亲请裁缝给我赶做一件白短衫、一条黑短裙，裙子是她拿自己的华丝葛旧裙子改的，上面有竹叶花纹。第一天检查服装时，训导主任连连摇头说不行，不能有花纹，一定得平面黑绸。母亲只得再做一条，嘴里直嘀咕："白白糟蹋了一条华丝葛裙子。"

第一次周会，全班同学由级任导师依身材高低排好次序，进入课堂。我一看，连住校同学也穿上制服，全体整齐划一，我当时忽然觉得自己好神气。想想那时站在后阳台，远远望着她们在草坪上玩耍，多么羡慕她们，现在居然也是其中的一分子，跟她们坐在同一个课堂里读书，在同一片草坪上玩乐，这就叫"有志者，事竟成"。

孙老伯说的"德、智、体、群"四个字，我已经开始了"群"的训练，以后我一定要和她们相亲相爱，如手如足，过着快乐、活泼、健康的"学堂生"生活。

童仙伯伯

童仙伯伯姓姜，姜太公的“姜”。他说自己是个考不取的老童生。年纪大了，就变得神仙一般，因此自称“童仙”。所以哥哥和我不喊他“姜伯伯”，都喊他“童仙伯伯”。童仙伯伯五十岁的时候，我刚巧五岁。我伸着五个手指头喊道：“童仙伯伯，您比我大十岁。”他笑呵呵地说：“对啦，我比你大十岁。可是你得伸出两只手，十个手指头呀。”

我就伸出十个手指头，手指尖点着手指尖来回地数。心里在想，童仙伯伯一定不止比我大十岁。哥哥说：“还有脚指头呢！你就都伸出来，坐在地上慢慢地数吧！”我最气哥哥笑我不会数数，就说：“不要你管。”数着、数着，墙上的老自鸣钟敲起来了，当、当，有气无力的，我抬头看钟面上的指针，看不懂是几点，又忙着数它究竟敲了几下。反而全数不清了。童仙伯伯说："小春，自鸣钟敲了九下，你该去认方块字了。"我说："我不要，太阳还没晒到这边台阶儿上，等晒到了才去。老师做过记号的。"哥哥说："哼，你这个懒虫，今天没有太阳。老师说过的，没有太阳的日子，就听自鸣钟。"童仙伯伯拍手大笑说："你们俩都别去读书了，你们的老师脚气病犯了，在家休息。他托我照顾你们。我带你们爬后山采果子去。"我们好高兴。童仙伯伯真好比我们的神仙伯伯。我们要怎么玩就怎么玩，要吃什么，他就给我们买什么。不像在老师面前，连喷嚏也不敢打一个。不过有一件事，他总要我们记住，就是有好吃的东西，要先留起一点给妈妈和阿荣伯伯。外公在我家时，更要把最好的给外公。比如在山上采了山楂果，他叫我拣最红最大的给他们三个人吃，买了桂花糕，把方方正正，看去红糖夹心最多的，留起来带回家。因为外公和妈妈都喜欢吃甜食。

童仙伯伯说："长辈年纪大了，吃好东西的日子一天比一天少，你们往后的好日子有的是。时时刻刻都想到长辈就叫作'孝顺'。"他常常一边走一边给我们讲故事。有一次，他给我们讲一个孝子伯俞的故事，说伯俞的母亲打他，他跪在地上哭了。他母亲说："我以前打你力气很大，打得很重，你都不哭，今天我打得轻了，怎么你反倒哭呢？”伯俞说：“因为您打得轻，我担心您身体没有从前好，力气小了。”我听得呆呆的没作声，哥哥忽然说：“我觉得伯俞不对，他不应当说出来，放在心里暗暗忧愁才对，说出来不是让妈妈更担心自己老了吗？”童仙伯伯看着哥哥半晌说：“长春，你真聪明，你真好心，长大了一定是个孝顺儿子。”哥哥立刻说：“我现在就很孝顺，我尽量不惹妈妈生气，帮妈妈做事。不像妹妹，动不动就哭，是个蚌壳精（家乡话‘一碰就哭’的意思）。”我又不服气了。我说：“妈妈叫你点一盏油灯做功课，那你为什么点两盏呢？”哥哥不理我了。其实，我心里还是很佩服哥哥，很爱他。有一次，他去乡村小学的操场踢皮球，我守在旁边看他满场奔，跌了好几跤，我好急好心疼，就对着风大喊：“哥哥，你不要踢嘛，哥哥，我们回家嘛！”他没听见，一直踢到精疲力竭，才带着我回家，我一路埋怨，他一路生气，一不小心，跌进一个水塘里，浑身湿透，我又在边上狂叫，正好童仙伯伯来了，带我们回家。妈妈气起来打了哥哥，要他下跪，我也马上跟着跪下了。哥哥没有哭，我倒抽抽噎噎地哭起来了。哥哥小声地说：“妹妹，你不要哭，你放心，妈妈一做好松糕就叫我们站起来吃了。”哥哥说得一点没错，妈妈打开热气腾腾的蒸笼，端出香喷喷的松糕，取出两块放在碟子里，板着脸对哥哥说：“拿去给童仙伯伯。”哥哥马上站起来端着走了。妈妈给我一块，温和地说：“以后劝哥哥不要踢皮球，鞋子踢破了，妈妈没有工夫做。”我问：“妈妈，你不给哥哥吃糕呀？”妈妈笑笑说：“你还怕他不会讨吗？”哥哥送了糕回来，站在一边不开腔，我悄声地说：“哥哥，你向妈妈讨嘛。你说：‘我下次不踢皮球了。’”哥哥摇摇头说：“我宁可不吃松糕，还是要踢皮球。”我生气地说：“你惹妈妈生气，你一点也不孝顺。”哥哥待了一阵，妈妈只顾忙来忙去，看也不看他一眼，我已把一块松糕吃完，伸手再向妈妈讨：“妈妈，再给我一块，也给哥哥一块好吗？”哥哥马上接口说：“妈妈，童仙伯伯说妈妈的松糕特别软，特别香，问我吃了没有，我说还没有呢！回到厨房里妈妈就会给我的。”妈妈扑哧一声笑了，一块松糕已经塞在哥哥手里。哥哥得意地向我扮个鬼脸，我真佩服哥哥好有办法。

当我们的外公回到山里，阿荣伯伯农忙的时候，我们就摽住了童仙伯伯，可惜他太爱睡觉，又太爱看书，看着看着就躺在靠椅上呼呼大睡。哥哥蘸饱了毛笔，在他的两道浓眉毛上再描两道浓眉毛，又在他老花眼镜上涂了墨。童仙伯伯一觉醒来，睁眼一片漆黑，以为天没亮，翻个身又睡。阿荣伯伯对哥哥说：“你不能趁一个人睡着的时候，在他脸上画东西。因为睡着的人，灵魂儿变成一条虫，从鼻孔里爬出来，玩儿够了，又从鼻孔里爬回去。你把他的脸描成另一个样子，虫虫认不得自己，就爬不回去，人就醒不过来了。”他又给我们讲了个故事：“有一个小孩，看爷爷睡得好酣，一条小虫从鼻孔里爬出来，爬过一根稻草，爬在一堆牛粪上，大吃一顿，正想爬回来时，小孩恶作剧，把那根稻草拿开了，虫虫爬不回来，很慌张的样子。爷爷也一直醒不过来。孩子也慌了，赶紧把稻草摆回去，虫虫才爬回来，爷爷才醒了。醒来后爷爷告诉孙子说：‘我刚才做了一个梦，梦见自己辛苦地走过一条独木桥，发现一堆如山高的红糖，我吃得好开心，回来时那条桥忽然不见了。好急，后来忽然又找到了，才沿着原路回来。’”

我听了又好玩又担心。看着童仙伯伯的鼻孔，哪有虫虫爬进爬出呢？我一推他，他就醒了。我把阿荣伯伯讲的故事讲给他听，他又呵呵大笑说：“你们不是说，我是神仙伯伯吗？神仙睡觉，不会变成一条虫的。”我也咯咯地笑了。他又说：“小春，别信什么灵魂儿的话。人就是人，困了就要睡觉，醒来就要说话、吃饭、玩耍、读书。阿荣伯伯是乡下佬，我是读书人，我讲的都是书上的。”

有一次，他讲了个笑话：“有一个爸爸，叫儿子去买酒，儿子去了好久好久不回来，菜都凉了。爸爸心里奇怪，就去看看究竟是怎么回事。却看见儿子提着酒壶和另一个人面对面站在一条独木桥上，谁也不肯让谁先走。爸爸看了好生气，上前对儿子说：‘你下来走另外一条路买酒去，让我和他站在这里。’”我听了以后，歪着头想了半天，觉得没什么好玩的。哥哥却笑得前仰后合。我生气地说：“哥哥你笑什么嘛？这有什么好笑的嘛？”哥哥说：“小春，你就是那个儿子，我就是那个爸爸。”我更生气了，哥哥就是比我高明，我没懂的，他都懂。现在想想，那个老爸爸，不为买酒，却要和那人对立地顶在桥中心。世人往往为一时意气之争，不也一样地可笑吗？

童仙伯伯跟外公一样，他讲的故事，叫我一直不能忘记，而且长大后愈想愈有道理。

他时常带我们去钓鱼，哥哥要挖蚯蚓做钓饵。他说：“长春，不要把蚯蚓一寸一寸掐断，多残忍呀，我们用饭粒吧。”他叫我们用饭拌了糠撒下去，一大群鱼都来吃了，再把钓钩扎上饭放入水中。我们坐在岸边，童仙伯伯喷着旱烟。好久好久，才看见浮沉子一动一动的，哥哥要提钓竿，童仙伯伯说别提，过了半天，浮沉子一点不动了，哥哥一提起来，钩子上是空的，饭粒也没有了。哥哥懊丧地说：“你看，鱼跑了。”童仙伯伯说：“这样才好嘛，我们看鱼儿吃东西多开心，为什么要钓它上来，它扎上了钩子多痛呀！”哥哥说：“你是菩萨，不是神仙。”

妈妈也说过，童仙伯伯是菩萨，心肠慈悲，跟外公一样，他也会看病，地方上有人生病，他都给治，还花钱给穷人买药。妈妈说我的小命都是他救的。我出疹子的时候，红斑发不出来，浑身都冰凉了，外公又在山里来不及赶下来。童仙伯伯熬了药，给我灌下去，告诉妈妈，如果第二天哭出声来就有了救，第二天我果真哇地哭出声来，红斑一直发到脚底心，我活过来了，所以童仙伯伯是我的救命恩人。

他是爸爸的要好同学，他说他肚才比爸爸还通，却是运气不好，没有考取举人。他祭文作得特别好，爸爸常常请他代作。作完以后，拉长嗓子唱，我听起来都好像很悲伤的样子。他说念祭文是一种特别本领，要听得不相干的人都眼泪汪汪的，才是好祭文。他还会画画，画荷花、芭蕉，都是墨团团一大片，我看看实在没什么名堂。可是爸爸说他是才子画、书生画。哥哥也跟他学。哥哥画的我很喜欢，因为他画牛、画马，有时画两只公鸡打架，很像。哥哥也是才子呢。

童仙伯伯还教哥哥对对子：“云对雨，雪对风，晚照对晴空……”又教他背对子：“童子打桐子，桐子落，童子乐。美人捏米人，米人肖，美人笑。”（故乡“米”“美”同音）所以哥哥很早就会作五个字一句的诗了。

有一天，忽然听见童仙伯伯对老师说：“长春太聪明，太懂事，只怕他福分太薄。”我问他：“什么叫福分薄呢？”童仙伯伯严肃地说：“我们随便说说，不许跟你妈妈说。”

我心里一直有个疙瘩，哥哥福分薄，将来会吃苦，我好难过，我就只有一个哥哥啊！

爸爸把哥哥带到北平去了，我好寂寞，哥哥写信给我，说他学会唱京戏，就是刘备关公张飞他们唱的戏。我非常羡慕，只想去北平看哥哥。童仙伯伯说：“等我去的时候，一定带你去。”他积蓄了一笔盘缠，却因为一个侄子上学没有钱，就给他了。后来再积蓄一笔，却在城里的黄包车上丢掉了。他挣钱很慢，全靠代人作对子、写春联、给人看病积起来的。所以一直不够去北平的火车钱。有一天爸爸来信说，哥哥得了肾脏炎的病，哥哥写信给我，都用粉红色包药粉的纸，在上面用铅笔画成信纸的行数，又用童仙伯伯教他写的魏碑字体写了“松柏长青”四个空心字，再用毛笔在上面写信。信封也是粉红药纸粘的。我好喜欢，他说不能吃咸的，好想妈妈煮的鱼。他的病一直不好，童仙伯伯要去给他治病，外公说：“如今他们新派的人都相信西医，你去也没用，不会吃你的药的。”不久，竟传来哥哥不治去世的噩耗，童仙伯伯沉痛地捏着我的手说：“小春，你总知道你的命是我救的。我疼你哥哥跟疼你一样。我相信，如果我去给他治，一定会救得活他的。我为什么不去？为什么不去？”他哭，老师、阿荣伯伯哭，我也哭。妈妈伤心哭泣了好多天后说：“这是天数，这孩子福分薄。”我才恍然，福分薄就是短命。我问童仙伯伯：“你说人没有灵魂，那么哥哥去了就什么都没有了。”他流着眼泪说：“小春，现在我反倒愿意相信人死后是有灵魂的。”

哥哥灵柩运回来，安置在一处哥哥和我常去玩的僻静山坳里，童仙伯伯作了一篇祭文，我和堂弟妹跪在湿漉漉的泥地上，听童仙伯伯悲哀的声调念祭文，虽不能完全听懂，可是他那种悲伤的调子，和以前替爸爸作别人的祭文是完全不一样的。我听着听着就大哭起来。纸灰被风吹起来，飘在童仙伯伯的青布袍上，阿荣伯伯的花白短发上。回来时，童仙伯伯牵着我的手，走高高低低的山路。走到一条溪边，溪水很急，我忽然感到胆怯，不敢从石头上跨过去，童仙伯伯竟放开了牵我的手说：“小春，胆子大一点，自己跨过去。”我嚅嚅地说：“我有点害怕。以前都是哥哥拉我过去的。”童仙伯伯说：“现在没有哥哥牵你了，你得自己走，路无论怎样高低不平，总得自己走的呀！”我仰头望着他，他板着脸，从前喜乐的笑容一点也没有了。两道浓眉毛锁成一条线，我想起哥哥在他睡觉时顽皮地给他再加上两道眉毛的样子，越发地悲伤起来。我边擦眼泪边慢慢地跨过一块块在急流溪水中的岩石，忽然觉得自己已经开始一个人走艰难的道路了。再回头看童仙伯伯，他还是呆呆地站着，好像离我很远很远的样子……

几十年来，每当我独行踽踽，举步艰难之时，抬头望去，恍惚中，总觉得童仙伯伯仍像从前一样远远地站在那儿。

话友

我不谙画事，所以现在谈的是“话友”而不是“画友”。以文会友固然是古往今来的雅事，而以“话”会友也是今日匆忙生活中的难得乐事。现在许多非正式的会议，也都以座谈会、茶话会的方式举行。许多文学见解、社会问题、政治方案，乃至经国大计，都是集众人之智慧，轻松地“话”出结果来的。席间如有一二幽默人士，插进几则雅俗共赏的笑话，更可使满座生风，呈现一片祥和气象，所以议古论今，谈天说地，实在是人生一大快事。中国人的民族性本来是比较趋于沉默寡言的。孔子说“予欲无言”“刚毅木讷，近仁”。晋朝的谢安品评年轻人，也认为一个沉默的人，必有前途，他说：“吉人寡言，言多必失。”但时至今日，言语是沟通思想感情最快速的方式，记录语言，连速记都嫌不够传真而代之以录音。要人、忙人的立言，是对着录音机滔滔一番，再由秘书或访问者加以整理，由语言化为文字，可传之久远。又例如执教鞭的老师、电台电视的节目主持人，更有“不能已于言者”的“言责”，你说一个现代人，还能不开腔吗？何况古圣先贤并不是主张绝对的沉默，他们也说：“时而后言，人不厌其言。”因此健谈的朋友，亦不妨以此自我解嘲，认为自己的说话是合于“时”的。更可引申地说：“爱好谈天，是非常合乎现在这个开放的时代的。”

欢聚一堂，气氛之所以能愉快、热闹，就是由于有健谈的朋友，能引出话题，使谈话永远有趣地继续下去。有一位朋友的先生说：“我在里屋写稿，听你们在屋外聊天，就是你的话最多，嗓门最高。”太太说：“我是主人，怎么能不说话呢？”可不是吗？一位好客的主人，必然是健谈的，才能使宾至如归。外子也嫌我说一天的话够他说一个月了，未免也太夸张了点。他自己的老乡来时，摆起龙门阵来，我也只听他话最多，嗓门最高呢！可见“话”逢知己，言为心声，健谈并非坏事。重要的是言必须要及义，也就是说，谈天必须要有内容。对方必须是旨趣相投之人，孔子不也说：“可与言而不与之言，谓之失人。”谈天可以交到好友。试想，清茶一杯，可口的茶点数碟，于月白风清之夜，与二三良朋，谈生活、谈读书、谈烦恼、谈欢乐、谈病……那种心情，真有“海阔凭鱼跃，天高任鸟飞”之感。我想起有一种零食叫作“话梅”，含在嘴里，不但生津解渴也可使口角生春，有助谈兴。想出“话梅”这个名称的人，一定是位懂得谈天之乐的雅人。

记得大学时代，中文系只十五位同学，幸运的是十四位都非常风趣健谈，只有一位姓朱的同学最怕羞。每次聚会，觥筹交错中，他总是默默地谛听。把每个人说的笑话、掌故，随口吟的打油诗都记下来，次日便以几首绝律、一阕词或一篇古风，记述当时盛况，引得人人诗兴大发，唱和一番，过了很多时日以后，吟哦起来，仍感回味无穷。因此尽管他沉默寡言，每次的诗酒之会，却绝少不了他。有的同学打趣说：如果人人都是沉默大众，他又哪来题材作诗词呢？那些同学，有的酒后狂言惊四座，有的笑声震屋瓦，有的喁喁细语如溪水涓涓，有的偶尔凑上一句，有画龙点睛之妙，有的当面话不多，却在电话中滔滔不绝。于是我们的系主任夏老师品题云：“与某同学宜于电车中谈，因他声音高，可以超过车声。与某同学宜于雨中谈，因他高低有节奏的声浪，可与雨声相和。与某同学宜于月下谈，因她低眉浅笑，娴雅幽静。与某同学宜于电话中谈，至于那一位朱同学，则宜于诗词中谈。

可见谈心的方式虽因人而异，而乐趣则一也。”

在这匆忙的时代里，几个谈得来的朋友想聚在一起，也很难得彼此都有同一个空档时间。补救的办法就是通电话。一拨号码，听到对方一声亲切的“喂”，两心的线路就接上了。有空闲，有心情就多聊几句，否则，就坦率地说声：“对不起，等处理完了手边的工作再给你拨过去。”有时不巧，拨几个电话都只听到铃声而无人接，或是一直吱吱地在通话中，就有如兴冲冲去探望朋友而遭到闭门羹似的，不免有点扫兴。有时正在门口买蔬菜水果，听到电话铃声，急急赶上楼来，铃声又戛然而止，内心也有夜行船失之交臂的怅然之感。因此我想了个办法，凡是短暂的离开屋子或在沐浴中，我就把话筒拿开，如有朋友打来，听到吱吱之声，便知道人在家，等下可以再打。

我的生活习惯，早上做完杂事看完报以后，一定要给朋友打电话。谈谈昨天做了些什么，今天又想做什么。报上的新闻引起些什么感想，副刊上有哪几篇值得一读的好文章，如此一来一往地谈，常常是二三十分钟，这样的“长途电话”打两个，一个上午就溜跑了。以时间而论是浪费，是损失，可是以精神而论，却有丰裕的收获，因为许多书报杂志、电影心得是这样交换得来的，许多写作灵感是这样谈出来的，许多烦恼也是这样谈跑的。与性情豪爽的朋友通电话，如游山玩水；与性情温和、学养深厚的朋友通电话，如读名著。偶然一两句话，常使你获益无穷。

有一位朋友，刚从国外回来时，没有电话，在公共电话亭里只能三言两语，未能畅所欲言，感到很“痛苦”。后来装好了，第一天的通话典礼中，她简直乐不可支，她非常神气地告诉每一个朋友她的电话号码，觉得自己“心底有根弦”（借用刘静娟的书名）拨动了，朋友的心底弦也被她拨动了，彼此起了共鸣。她说话慢吞吞，从容不迫，给人一种小桥流水的感觉（我的说话，给人的感觉一定是乱流急湍，非常抱歉）。她说她翻译多了，脑子有点懒惰，很少创作，但时常有一丝灵感涌上心头，凝成一个很好的题目，于是她把题目分别告诉朋友们，恳切地说：“你写嘛，写出来一定是篇好文章。”有时，一位朋友的好文章刊出来了，正是她提供的题目与灵感。她高兴得就如同自己的文章刊出来一般，立刻打电话向那位朋友要分稿费，而那位朋友呢，却要她发奖金。彼此哈哈大笑，于是又聊上了。

在忙碌中的朋友们，何不来享受一下“以话会友”之乐呢？

遥 念

沉樱姊：

收到这封信，您一定有《一个陌生女子的来信》之感（这不是您译的褚威格[①]的名著吗？），因为“自君别后”彼此不通音讯似有一个世纪那么长久了，记得和您握别时，曾有一周一书之约。没想到竟连一月一书都做不到。这不能全怪我，也不能全怪您。怪只怪生为忙碌的现代人，身不由己，笔不从心。

在我的心理上，您还欠我一封信。不知因为我写错了地址，没收到信呢？还是由于您的“惯迟作答爱书来”，于是我

① 褚威格：今译“茨威格”。

总在等那封迟来的回信。记得您还说过，去美以后，和台湾友人的通信，可以出版一本“两地书”，一定是文情并茂。但不知这本集体创作，何时可以出版，一笑。在我呢？宁可您早日归来，不必要有“两地书”的出版。

尽管没读您的信，幸得常读您的译著，慰情聊胜于无。想您必定终日沉浸在图书馆的书香之中，以发表于报端的文章，代替与朋友见面吧！

在国内时，我们一通电话就成了“长途”，每回您都鼓励我多写，鼓励我试学翻译。我们谈着谈着，就跳出一堆的灵感，您就说：“嗳，这点可以写，快写出来吧！”放下电话，常常下笔如有神助，小小的灵感居然一挥而就。好几篇短文，就是那样产生的。您走后，朋友之间仍常以电话代替见面，但因为谁也没您悠闲，电话大都是三言两语，因此“电话灵感”也就比较少了。但我总不忘您的“点题”和“快快写出来”的催促，所以在将近一年中，长长短短的稿子，倒也写了不少。可惜您不在国内，没看见。不然的话，您一定第一个打电话来说：“看到你写的那篇了，真好。”那一声“真好”，就叫我精神百倍，再度地灵感充沛。可见高帽子是人人爱戴的，给人赞美，是最好的奖品。所以我打算勤快地继续写下去，等您回来向您领奖品。

您快走的那阵子，朋友之间好像就时兴一种“下午酒”的聚会，您一定记得吧。其实朋友中会喝酒的并不多，只是借酒谈心。即使有酒量的也喝得非常斯文。如真要“不醉不归”的话，岂不要连累主人忙晚饭。而浅醉微醺中，迎着凉凉的晚风归去，也确实别有情调。真感谢第一个付诸实现的朋友英子。现在这个“酒会”是几乎每月饮一次。时间往往在周五。一周工作快忙完，大家心情都比较轻松。但是主人所邀的朋友，总有二三位临时有事不能来的。可见即使近在咫尺，也有相见不易之感。您现在太平洋的彼岸，是否常想起我们的酒会。您如在台北，一定又是常常记错时间与地址。东家的酒会，跑到西家去。周五的邀约，记成了周六。您的健忘，已成为特有的风格了。

每回聚会，都要问您什么时候回来。有的说您要明年才回来，大概是含饴弄孙，乐不思故人了。

朋友中喜事频传，有的搬新房子，有的儿女婚嫁，有的儿女回国探双亲，有的又出版新书。我呢？乏善足陈，如一定说有的话，那就是我已有了一双“绿拇指”。记不记得，我曾写过一篇小文，叫作《我没有绿拇指》，埋怨自己不会养花草。后来还是您告诉我，不必在意，就随随便便地浇点水，它们就会自自然然地生长。您特地送了我一株就像拇指大小的小兰草，我好喜欢。您说在一个街角买的，您也从没看见过这么幼小的兰草，这么迷你的花钵子。起先外子笑它像豆芽菜，一定长不大，我也真担心它会夭折。尤其是钵子里那么少的一点土，营养怎么会够呢？担心没用，我只好听其自然地每天浇点水，每晚把它放在阳台上吸收新鲜空气或雨露。没想到它居然愈长愈精神挺拔，每片叶子都绿油油欲滴，而且参差长短，姿态好美。我把它放在电视机上，旁边配一对从花莲带回的“怪石”，有一片叶子尖，触及“石穴”，远远望去，真有空谷幽兰的感觉。怪石顶上，放一只从澎湖带回的贝壳做的小鸟。我颇为得意自己的“匠心独运”，有点像郎静山的摄影艺术——黄山的云海，配上阿里山的神木。写稿看书疲倦时，就对着它望，盎然的生机，顿使我心神怡悦。这大概就是所谓的“胸中丘壑”“案头文章”吧！

另外一株小吊兰，我把它栽在大贝壳里，再把贝壳放在一个长方形水晶玻璃盘中，旁边加些水草，水草中放了母子四只玻璃小鹅，白白的身子，红红的嘴，就仿佛“白毛浮绿水，红掌拨清波”悠然自得，我称这玻璃盘景为“方寸田园”。朋友们看了没有一个不赞美的。我把它放在长桌上，另一端摆的是您好早以前送我的自制绢花。一真一假，也别有情趣。以前有一个朋友取笑我不会养真花，只会买假花，屋子里没有点生趣。真兰草欣欣向荣以后，她看了，一双近视眼又分辨不出真假，指着真的兰草说：“看你又添了塑胶草了。”指着绢花偏又说：“这朵真花，像彩缎做出来的一般。”您说有趣不有趣？

花草这东西真是神奇，每分每秒在长，但你一双眼睛盯着它们看时，却丝毫感觉不出来。不像钟表上的秒针，快速得使你心惊肉跳，有“分秒光阴，一去不返”之感。所以我总是少看钟表，多看花草。看它们长大了，茂盛了，再多的时间飞逝了也不用心痛。因为这是最自然不过的事。人的须发会在时钟的嘀嗒中白去，但婴儿与青少年却在此中长大了，新陈代谢的自然律，又有什么不好？

再告诉您一件有趣的事：我的一棵小小铁树，也许因浇水太多，树皮都烂了，黏附在树皮上的两片叶子奄奄一息，我索性丢去小树干，将一大一小两片叶子连梗插在小花瓶中，好久好久，总是萎靡不振，我把大的一片叶子剪去一半，小叶子顿时长好了，而且边上又爆出一粒绿绿的嫩芽来，我好高兴，想一定由于原来负担太重，才营养不足，索性把大叶子整个剪去。谁知几天以后，小叶子渐渐枯干，绿芽也萎缩了。才知道大叶子剪去一半，才是恰到好处，剪光了就不能代替小叶吸收营养，真后悔自己的“拔苗助长”，但已来不及了。想想大叶之于小叶，正像父母对于子女，在一旁呵护照顾，也须恰到好处，不能过分，也不可不及。到了小叶长成以后，大叶由枯黄而萎谢，也是顺理成章，不必感伤。可是在幼苗正成长中，即被戕伤，那就太残忍了。

最近听到电台一位节目主持人说，他每天一大早上班，总是散步经过一片空旷地，地上长满茂盛的青草有如一片绿洲。可是不久，青草和泥土却被挖泥机挖去，准备打地基兴建大楼了，他为那一片惨遭厄运的青草难过了好久。待地基铺平，不几天，土上又长出青草来，他又为此高兴一阵。可是坎坷的青草，很快就被埋在水泥混凝土之下，代之而兴的是一座灰扑扑的水泥大楼。他感慨乎人们眼中可见的绿愈来愈少，灰扑扑死板板面孔的水泥大楼愈来愈多，在人口稠密的大都市中，哪有区区青草生长的余地？

我在想，草木幸亏宽宏大量，不计较人类的残酷与愚昧，否则它宁可不要在“你推我挤”的人缝中生长，供那些偶得悠闲的人们，歌颂“十步之内，必有芳草”，以表现自己的智慧灵心。不如深深地躲到荒山幽谷，人迹罕到之处，伴着水流花放，多么自在呢？

就像我剪去那片大叶子的愚昧行径，岂不也表现了十足的残酷与自私。我总是拿花草作为自己消闲的对象，对它们荣枯的息息关怀，也无非是一分得失之心。我并未从“万物静观皆自得”中领悟到乐趣，因此对着枯萎了的小叶与幼芽，感到格外惭愧歉疚。

因为您是位爱花木、懂得花木的人，才不知不觉向您报道了好多。就当我们又在电话中长谈吧！

还记得英子的新居，阳台外视野辽阔吗？您出国才半年，她房子的正对面已建起一座比她这幢更高的高楼，阳台的视野全被遮断。那房子兴建得好快，只见一层层往上加，没完没了似的。这年头，人好像总是拼命往上爬，要爬到哪一天，才会感到疲劳而停止呢？那个休止符是否非得点在生命的终站才罢休？我们都替英子失去的辽阔视野可惜，她却坦然笑笑说：“人总是这样！你当初选择的，总认为是最好的，那就应当满足了。至于后来的事，谁能预料呢？总不能永远这山望着那山高吧！”

我说：那你就把对面的新建高楼，当作“相看两不厌”的“敬亭山”吧，这也许就是现代人“结庐在人境”的一点点“现代哲理”吧！

遥远的友情

今天我又收到凯蒂的来信，长长的一封，她好高兴我寄给她的风铃。她已将它挂在新开张的店门前，听它迎风所发的叮叮之音，告诉每一位顾客，这是台湾友人寄来的。凯蒂（Kitty Bliley）是我四年前访美时坐在华府一座博物馆门前休息，所邂逅的三个美国年轻女孩之一。当时我穿的是旗袍，她们频频向我投来陌生而友善的眼光。我呢，怀着到处交朋友的开放的心，主动找她们说话，问长问短，并把手提包里带的介绍台湾风景的小手册分赠给她们，我们足足谈了一个多钟头，还请过路的人替我们合拍了一张照，请她们留下地址才分手。

回来以后，洗出照片，却找不到那本临时记地址的小本子，无法将照片寄去。这一段雪泥鸿爪式的友情就此中断，心中不免怅然。时光匆匆已四年，今春整理杂物，忽然发现那小本子，喜出望外，马上提笔给她们写信，再将照片寄去，只是抱着试试看的心情，时隔好几年，也许她们已迁移，或早已忘掉我这个“惊鸿一瞥”的东方访客了。意外地，凯蒂的回信很快来了。她说如不是照片的话，几乎想不起我是谁。但她好高兴能和来自台湾的朋友通信，她告诉我另外两位女孩已结婚迁居，可能也会给我回信。她在一个杂货店工作，不打算再念大学，积蓄点钱就要结婚了。她很细心，怕我认不清，特地用印刷体正楷写字，笔迹娟秀，辞意诚恳，我好高兴又联系上了一个异国友人。从她们的书信中，可以了解她们的生活方式、思想、感情，和她对我们东方人的看法。我也获得充分的机会，可以向她们详细介绍自己国家的民情风俗，尤其是这些年来的建设情形。我尽可能地把有关历史文化的简介，以及历次参观得来的资料邮寄给她们，虽然花了不少邮费，可是内心喜慰莫可名状，因为我感到自己尽了做朋友、做国民应尽的责任，感到自己当年不虚此行，更感到“海内存知己，天涯若比邻”的真正意义。

过去常听人说，美国人最会表现热情，一分手就完了。那年访美以后，我所得的印象却不是如此。美国人，无论男女老少，都很坦诚热心，而且并不是一分手就完，只要你有耐心与他们继续保持联系，他们一定是有信必回。因为他们重视人际关系，他们喜欢朋友，也充满了对异国的好奇心，他们也十二分希望你能多了解他们的一切，所以只要你有勇气，尽管以辞不能完全达意的文字，转弯抹角地向他们话家常，他们的书信就会源源不断而来，岂止书信，我每年圣诞以及生日所收到的精致小礼物都不知多少。水晶玻璃的小摆饰，艺术馆的名画年历，亲自手编的毛线小饰物、靠垫，等等不一而足。他们常常寄来全家福照片，连我抱过的小狗小猫都不会遗漏。自然，我也给他们寄去好多东西，竹编小花篮、小虾、台湾绿玉、彩色大理石小花瓶、彩色丝线粽子、小小绣花鞋、钩花毛背心……每一件都花心思选择，至少得带给他们一分东方或台湾的特色，和着一分浓厚的友情寄出。有一次我收到爱荷华农庄一位友人的照片，她们八个朋友把八粒我送她们的绿玉镶成戒指，戴在手上，摆在一起，拍了照片给我，背面写着："你的手也和我们相握一起。"看了真叫人欣慰。

若说农村妇女较重友谊而大都市的就不相同了，倒也不尽然。我在纽约认识的一位名玛丽的女士，她酷爱中国文化，与我谈得非常投机，她总不忘给我来信，告诉我又看了多少中国艺术品，接触到多少有学问的中国人。告诉我她的小花园中有一处花木扶疏，下有一块大石，她称之为“东坡石”，希望我快去坐坐谈心。她最近寄给我四篇读中国画的文章，对竹子、兰花、淡墨山水都有独到的领悟，完全是老庄清静无为、返璞归真的境界。例如她评述一幅疏淡的花卉说：“疏阔之处正予人以充实之感。”（此四篇文章我打算译出以飨同好）我们彼此的感情思想极为沟通。从通信中，我学了好多英文，也偶然介绍她们简单的中文。例如纪念品上的中文字，复制品画上的题词或诗句，我都以英文译出，即使不妥帖，至少也让她们知道大概。

别以为美国的青年男女都是吃迷幻药、乱交朋友、终年闲荡无所事事的嬉痞型。那是电影中典型化了的人物，不足以代表全部。即以凯蒂来说，就是个非常自爱、努力向上、爱家庭重友情的好女孩。她寄给我一张和她男友合拍的照片，也要我寄给她一张合家欢。她男友留着长发，她不好意思地说他头发太长不好看，现在已剪短了。她生怕我看了不顺眼，殊不知台湾的男孩，长发之风并不亚于他们呢。

想想真是高兴，偶然间的萍水相逢，却由于彼此一个微笑，一个点头，就交上了朋友。记得有一次从纽约去华府的火车上（我喜欢试每一种交通工具，特将机票退去，改搭火车），与一位端庄的中年妇女邻座。看她和蔼可亲，交谈后知道她是为盲人学校编点字教材的老师，不用说是位充满爱心的人。我送她一个鱼骨别针，她也送我一支随身携带的原子笔，并在我小本上写下“Happy train mate to Philadelphia”[①]签上“Evelyn Thomson”的名字。在洛城[②]，接待我的是笔会洛城分会的女秘书 Mrs. Colette Burns。她是一位细心体贴的老太太，她开车接我去吃饭时，迫切地问了我好多关于台湾女性作家的生活情形，我一一作答时，她却又抱歉地说：“我应当等到朋友们都到齐时再问你，免得你再说一遍太累了。”她真是谦和体贴。我回来后，她每回收到笔会给她们寄的刊物时，都来信向我谈到读文章的感想。真正的是“以文会友”，心中十分欣喜。

我非常珍惜这份遥远的友情。称之为“遥远”，是有着时间与空间双重意义的。因为这些异国友人，虽只萍踪一面，此生是否能再见都很难说。而在如此忙碌中，数年来音问不绝，确属不易，可见忙碌的现代人并不个个都是六亲不认的。记得有一篇英文文章中说：“Reach out, take the initiative in

---

① 去费城的火车上的快乐旅伴。

② 洛城：指洛杉矶市。

friendship."[①]人应主动地去发掘友情，就不会有所谓的“疏离”之感了。

自由世界之所以可爱，就是人与人之间，可以坦诚相向；心灵得以沟通。这也就是人性的可贵之处。不然的话，为什么会有成千成万的人，冒着生命的危险，不断地投奔自由世界呢？

---

① 伸出手，主动交友。

千古艰难唯一死

——悼克彰光生

与克彰先生虽谊属同乡，而相识并不算早。记得在七八年前，一次南部访问的旅途中，我对他朴实木讷中透着一脸诚恳的神情，产生一分敬意，特地过去向他请教一些写作上的意见。再问他是否一个人来的，他指指边上专心致志在谛听中的年轻女孩说："不，和我的女友一起来的。她叫心岱。"心岱低下头，有点羞涩，我也一时想不出话来说，只对她微笑一下。嗣后，就常常发现署名"心岱"的作品。丰富真挚的情怀，生动细腻的笔触，使我渐渐了解，一位有丰厚智慧的纯真少女，和一位中年成名作家之间，那一份天高地厚的师友、爱侣之情，是如此地值得人赞赏。但因彼此见面机会甚少，只知道克彰先生是一位笔耕至勤，极富于时代感、使命感的文艺工作者。他的性情、生活情趣等仍一无所知。直到多年后又一次的南下访问中，心岱冉冉地走来坐在我身边，亲切地喊了我一声“大姊”。我们就滔滔不绝地谈起日常生活以及写作的种种，克彰先生拥抱着爱子远远地坐着，只是向我们点头微笑。我立刻感到像和他们夫妇相识多年，相知有素似的，内心溢漾无限友情的温暖。我在心里想：“这一对夫妻好令人感动，克彰先生真好，孩子真可爱，心岱好幸福。”

不久，心岱就约了大批文友去他们景美的新家吃真正的新疆烤肉。由诗人辛郁主持。那一次，人人都大快朵颐，谈笑风生，我也看出克彰先生豪迈粗犷的一面，更接触到他的真挚和待人之诚恳。因他乡音未改，我就用绍兴话和他谈天，谈得好高兴，也了解他的学殖修养、写作态度，而对他愈是崇敬。后来一连拜读他在《妇友天地》上发表《给君儿的信》，一位中年以上的慈父，对他幼小爱子的喃喃叮咛，字里行间总透着一股辛酸。我忽然想起心岱说的，“君君像卡通片里的太空飞鼠”，本来想笑，却又禁不住鼻子酸酸的。因为君君实在太幼小了，而克彰先生已经两鬓渐斑。他多盼望君儿快快长大，快快能读父亲给他写的信。我在心中默祷，克彰先生能一封一封信地写，一直写到君君进高中、上大学。

可是如今他永不能再写了，他把无尽的爱、无尽的期望与祝福托付给心岱——他的爱妻，他竟然默默地走了。

当我们刚听到说克彰先生患严重胃疾时，总认为由于他写作太勤、责任心太重因而影响消化系统。但一听到心岱电话中颤声地告诉我是胃癌时，我于惊骇之际，眼前浮现的就是几天前他们全家来舍间聚谈，以及在附近教堂草坪上摄影谈笑的情景，这怎么可能呢？为什么要他罹此绝症呢？继而再由亮轩在电话中转告详情，说到克彰先生为人之正直、淡泊、宽恕，永远为人而忘己的品德，亮轩由呜咽而至泣不成声。放下话筒，我感到一阵天昏地暗，斯人斯疾，我们怎么能不伤痛呢？

在他第一次出院后，朋友们去看他，他略微清瘦的脸上，一直浮着安详的笑容，他一双充满爱和感谢的眼神一直注视着心岱，忙忙碌碌地为他做点心、招呼朋友、招呼爱子，他感到这一场病所得太多。他轻声对我说："心岱真好。真亏她啊。"这短短一句话里包含了多少情意。他眼中的神采，也点燃起我们对他病愈的希望。尤其是亮轩每次去看他时的洒脱生风，和他对心岱精神上的支持，使克彰先生对抵抗病魔益具信心。我也渐渐感到，一位有定力、有修养的病人，往往会给探病的朋友一些启示和鼓励，而不是朋友给他安慰。可是病魔究竟太猖獗，医学今日仍未能打败癌症。当他再度进医院时，体力就大不如前了。我去荣总看他，他眼中仍闪着清澈的微光，肌肉的消瘦，愈见得他的灵光透露。他微笑着表示对病愈的一线希望，只是说进步得如此缓慢，使边上的辛郁先生和我都无言以对。他也许已知自己患的是绝症而不愿说出来使朋友为他难过，也许他觉得不说出来就是不承认这是不治之症。他不是贪生怕死的人，他挣扎着要活下去是为了他倾全生命爱着的年轻妻子和幼儿，也为他未竟的写作志愿。他是天主教徒，他相信天主会佑护他的。可是我第二次去看他时，他目光中那点希望的神采消失了，他已经放弃挣扎，他含泪望着我，缓缓而吃力地说："我一生苦斗，痛苦过，也幸福过，又赢得如许深厚的友情，应当没有遗憾。只感到对人世亏欠太多……心岱太年轻……孩子太小……我不能再照顾他们……"我握住他衰弱的手，他颤声地说了句："一生一死，乃见交情。"就闭上眼睛示意我离去。我如再留下去又能说什么，只得说："再来看你。"他无力地摇了下头，知道明明是最后一面了。

他垂危之际，还吩咐心岱将他平时心爱的书籍分赠给几位友人。听心岱说，在最后的一天，还为心岱讲解《红楼梦》一书的精神，说得有条有理，神志清明。他对爱妻期望之殷切，由此可见。

在灵堂前，心岱和孩子披着麻衣匍匐地面，她的含悲忍涕，孩子的无知憨态，谁个见了能不心酸泪落。

但我相信坚强的心岱于呼天抢地的号啕痛哭以后，一定会渐渐镇定下来，发挥生命的潜力和智慧，负起抚教遗孤的重任，而且埋头读书写作，以完成她丈夫对她的期望。她将是一位好母亲，也是一位有成就的作家。

难忘龙子

朋友们看到我的黑猫，就要问：“这是你家龙子吗？”我告诉他们不是的，这是我的“玉女灵猫”，龙子是一只小公猫，可是它已经不在了。

去年冬天一个阴寒雨湿的深夜，儿子从水沟边捡来那只瘦弱的小公猫，笑眯眯地把它放在我怀中，我立刻就满心接受了。不久它就变成一团雪球，只鼻子尖上一团像桃子似的黑点，加上一对圆圆大眼睛，恰巧是个等边三角形，望去就像马戏班里的小丑。而它的逗人喜乐，和忠实善良的性格，也很像马戏班里的小丑。孩子的父亲不久发现它耳朵听不见，是个聋子，因此将它取名“龙子”。它时常被“玉女”欺侮得吱吱叫，一个急翻身，反倒憨憨傻傻地去舔她，像小弟偎依着姊姊。它就这么可爱，朋友们都知道我家有个傻龙子。

儿子在捡回龙子的第二天就出远门了。我给他信中时常谈起龙子。龙子与玉女，有时使我忘忧，有时又无端引起我莫名的惆怅。

龙子忽然患了一种怪病，四肢瘫软，瞳孔放大，大小便不能控制。我曾将它送医院，住院医治。大夫为它照 X 光，抽血检查，说它可能是先天性癫痫症，也可能是什么细菌侵入脑脊髓，目前还没有方法治疗。最后一次，大夫劝我说："你还是理智一点吧，因为它病发时很可怜，长期照顾它将成为你精神上很大的负担。不如打一针让它安息，把它给我们做研究，倒可能是对动物病理上的一项贡献。"我低着头不忍心答应。大夫又说："你安心吧，我们会把它解剖后的躯体好好埋葬在公墓里，而且有一定的时间祭扫的，你只要再多付一百元善后费用就好了。"我把钱放在昏睡的龙子身边，向它投下最后一瞥，抹去泪水，匆匆离开医院。一到家，又急忙打电话求大夫再试试看救治它。大夫却告诉我它已经平静地睡去，永不再醒来了。凡遇到这种情形，医生们只要一得到主人同意，就很快地处理，免得你后悔，徒使动物延长受苦。我不能怨大夫狠心，只怪自己不应当答应的。

这件不愉快的事过去已半年多，可是龙子活泼跳跃的神态仍在我眼前，它那对亲善信赖的眼神，似乎一直在对我望着，抱着黑猫“玉女”时，我就会格外地想念。它和我的缘分就只有短短的四个月。对龙子，除了思念，更有一份无比的歉疚之情，无法弥补。我在想，如果儿子不把它抱回来，它做一只日晒夜露的野猫，与饥寒风雨搏斗，反而产生坚强的抵抗力而不致得此不治之症。即使得了，它有新鲜野草可嚼，有泥土地可睡，反倒可以挣扎着痊愈过来。因为我听说动物知道以百草自己治病，而且动物的心、肝属土，有病躺在泥土上休息，自然会好的。它被捡来以后，关闭在上不见天、下不着地的公寓楼房中，渐渐失去自然的调节力而生病了。我自以为爱护它，却又不能彻底做到。只为一念的自私，借医生之手处决了它，我自问安的是什么心呢？

孩子的父亲劝我说：“你已为它花了那么多精力、时间与金钱。它的躯体提供研究，如真能找出原因与治疗方法，也未始不可造福‘猫群’，那么它也可说是死得其时，死得其所。何况它还被好好地安葬在公墓中，不至暴骨野地，餐风饮露。比起落后地区死于沟壑的饥殍，已强了千万倍。”如此想来，也就不要太歉疚于心了。依佛家六道轮回之说，劫数已尽，就可转生人世，但愿龙子短短四个月生命，就能了却一段劫数。

儿子出门后，中间曾数度回家。每次回来，对于他亲手捧回，亲手把它托付给我的小猫龙子，却似乎心不在焉，视而不见。我曾多少次试着拿龙子做话题，想跟他谈谈，他只是遥远地站着，遥远地向我咧一咧嘴，点一点头，就默默地出去了。我紧紧地抱着龙子，觉得只有龙子，才靠得我好近好近。

最后一次他回来时，龙子已经去了。我不忍向他提起，他却连问也没问。后来我终于告诉了他，他淡淡一笑，看去若无其事。我并不能因为不必再对儿子抱歉而安了心，相反地，我却像失落了一样最最宝贵的东西。他难道忘了，他当初是多么郑重地把龙子托付给我的！

前天他又要远行了，对于海上生活，他也许充满新奇的想象，临行前对于母亲的絮絮叨叨，自是不能入耳，草草地理了下行囊，往肩上一扛，就默然无一语地走了。大门一把拉过去，砰然一声，把我孤零零地扔在背后。

我恍恍惚惚地问他父亲："孩子为什么这样呢？"他父亲一声不响，只顾低头看着报，我忍不住再问："孩子长大了就是这样的吗？"他淡然一笑说："大概是吧！"他又拿起报纸，不再说一句话了。

我在屋子里踯躅着，觉得屋子好空洞、好冷清，忽然想起了失去的龙子，默默地回到书房，不禁泫然泪下。我在心中低声对自己说：“如果龙子还在，不也好一些吗？”

人鼠之间

有一年去高雄，住在一间中级的观光旅社中。入夜熄灯思睡，才一合眼，就听见床边窸窸窣窣的声音，还以为是最可恶的蟑螂来临，所以赶紧开灯，生怕蟑螂爬到脸上来，任是“菩萨心肠”，也非置之死地不可。灯一亮，却只见一道小小的黑影倏然而逝。绝不会有那么大的蟑螂，我想，那么是壁虎吗？只听说南部的壁虎会叫，但总该是在墙壁或天花板上，不该爬到旅客耳根边来扰人清梦吧。搜索了半天，一无所见，只好又把灯关去。不一会儿，窸窣之声又起，而且愈来愈接近。我急忙再开灯，却发现是一只小小的老鼠，把我床头几上一块吃剩的巧克力糖，连锡箔纸拖到床上。看样子它是打算从席梦思垫子边拖下去，它的窝一定就在垫子缝中。

奇怪的是这只迷你小鼠，竟是远远地蹲伏着，眨着一对黑豆小眼睛直瞪我。为了不能到嘴的巧克力糖，它居然舍不得撤退，好大的胆子，真是新生小“鼠”不怕“人”。我本来对于小动物都非常地喜爱，猫狗自不必说，就连人见人厌的过街老鼠，我也无心杀害。尤其是对于眼前这只楚楚依人、饥肠辘辘的小老鼠，越发动了怜悯之念。同时想起古人“为鼠常留饭，怜蛾不点灯”的诗句，觉得我与这只小鼠之间，竟有了灵犀一点。因为佛家说的，大凡对一切生灵，你只要不动杀机，它们就有感应。猛虎不会伤你，野兔不会躲你。于是我起身把巧克力糖缓缓推向它，并轻声对它说：“你一定饥了，快吃吧。”它畏缩地迟疑了一下，既不前进也不后退，我索性再把灯关去，表示绝无伤害它的意思。慢慢地，就听到它把糖拖到地板上，索性安安稳稳地吃起来了。我听了一阵，还是忍不住开亮灯，想欣赏它究竟是怎么个饱餐美味。它坐在地毯上，两只小前腿捧着巧克力糖，小嘴啃得好起劲。对于我的再次开灯，已毫无畏惧之意。看它全心全意享受一顿丰盛的夜点，好替它高兴。套一句杜甫的诗，真是“得食‘床边’‘小鼠’驯”，原来人可以跟任何动物做朋友，只要你以真诚相对。想想人与动物可以赤诚相对，人与人之间，为何有时反而不能呢？大概是因为人比动物聪明得太多，复杂得太多，人世的险诈，岂是动物单纯的头脑所能想象得到的呢？

鼠不幸被人类视为“人格卑贱”的动物，因而把不齿的人比作“鼠辈”。《诗经·鄘风·相鼠篇》：“相鼠有体，人而无礼，人而无礼，胡不遄死。”就是说观察最低等的动物老鼠尚且有个外貌，人怎么可以没有礼仪呢？可是我现在观察这只小小而寂寞的老鼠，它从从容容地吃着东西，与我保持不亢不卑的风度。况且它只是出来觅食，并没有“盗窃”这个法律观念，我们又怎么能责怪它的行为不当呢？这个世界，如果人与动物不要弱肉强食，相生相克，该多么好？人与人都能和平相处，互助互爱，又该多么好？

想起斯坦贝克的成名作《人鼠之间》这部小说，虽然并没有具体地写人与鼠的故事，相信他是以象征的手法，暗示人类的相互倾轧残害。一对相依为命的流浪汉乔治与兰尼，努力地做着苦工，一心盼望能有自己的一块土地而不可得。乔治终于不忍眼看痴傻而忠厚的兰尼被人谋害，宁可亲手处决了他，读后使人心情沉重万分。据说他的灵感，是由于十八世纪苏格兰诗人罗伯·庞斯一首《给鼠的诗》所启示。诗是写耕田时看见一只小鼠，原希望安居田中，但人类的犁头无情地犁开泥土，小鼠就恓恓惶惶，无处容身了。诗人与小说家的心是多么富于同情而温厚。日本一位诗人说：“看啊！苍蝇在搓着它的手，它的脚呢？”可说民胞物与，体察入微。记得童年时，看过丰子恺的一幅漫画，画一只小老鼠在碟子里吃饭，一个胖小孩蹲着全神贯注地守着它吃得津津有味。题的是“赤子心”三字。小孩眉眼之间神情的喜悦，与小鼠对她全心地信赖，都在简单几笔中表露出来，引起观赏者一片慈祥恺悌之心。孟子说：“恻隐之心，仁之端也。”文豪与艺术家笔下，所启迪的就是这一点微妙的端倪，可贵的人性，也就是仁心。像丰子恺这样充满爱心的人，如何能在人与人不能兼容的社会中生存下去呢？

记起在初中时，英文课本用的是奥尔科特著的《小妇人》，二姊乔因发现体弱的三妹贝丝似乎在暗暗喜欢她自己的爱人邻居男孩劳里时，她有意成全妹妹，每当劳里来时，她就悄悄躲到角楼上，让劳里多陪贝丝谈心。她在角楼上翻着她们四姊妹童年时代的玩具箱，回忆往事，一向豪迈如男孩的乔，也不由得百感丛生，觉得姊妹都已长大了，即使亲如父母和手足，有时彼此的心情也无法沟通。她百无聊赖地翻弄着破旧的玩具，忽然发现一只小老鼠惊慌地跑了出来，乔好高兴，喃喃地对它说：“你别怕，你别跑，让我们做个朋友吧。”她就剥点饼干屑给它吃，小鼠也渐渐不怕了，以后每当乔一个人伏在玩具箱上写文章，小鼠就静静地蹲在一边陪她，相依如知己。这一段文字写得非常生动感人。慈祥的施德邻老师以抑扬顿挫充满感情的音调，读完了这一章以后，又以异乎平时的语调对我们说："人在寂寞中，格外能体验万物之情，也唯有在寂寞之时，最懂得爱。"当时我年纪太轻，听了只是一知半解。几十年后的今天，回顾前尘，经过多少繁华，也耐过多少寂寞，因而想起当年两鬓斑白的施德邻老师，说此话时一定有深深的感触吧。她于退休以后，因热爱中国，于一九五九、一九六〇年再来台湾从事布道工作，住在新竹的青草湖。当我们师生重逢时，她仍以纯熟的杭州土话，指着我们每个人说："你是乔，你是梅格，你是贝丝或艾米。"她牢牢记得我们每个人的性格与《小妇人》中四姊妹相似之处。我们望着她已白发皤然，欢欣中噙着泪水。她问我们还记不记得《小妇人》中的好文章。我大声而有把握地说："记得记得。尤其是乔与小鼠之间的感情。"她湛蓝的眼神深深地注视着我半晌，微笑地说："我住在青草湖好清静，有时傍晚在田野间散步，时常看到小青蛙跳跃到脚边，也会想起乔对小鼠的那份感情。"我不禁在心里想，老师于垂老之年，远适异国，此心是否感到寂寞呢？她终于因心脏病突发，在台湾去世，而且就葬在青草湖，也许老师真个是飘零一身，认为到处青山好埋骨吧！

我忽然觉得，这个世界，无论是绚烂如锦，或雨歇歌沉，一颗心总是闲闲的，也清清寂寞的。生涯中的点点滴滴，记忆都十分清晰。因而对多年前，高雄旅邸中，深夜出来觅食的小鼠，也不由得怀念起来了。

秘 密

每个人或多或少藏有一份不愿向人全部吐露的心情，这并不是不坦诚，而是生活上一点含蓄的情趣。一个人如果可被透视得跟玻璃球似的，还有什么意味可言。含蓄并不是阴沉，而是深沉，亦无碍一个人性格的光明磊落。所以对于含蓄深沉的人，实不必生警戒畏惧之心，相交日久，自成莫逆。

西方人即使相亲如夫妇，彼此如未得允许，都不拆对方的信件。这是互相尊重，也免得许多无谓的猜疑，影响夫妻的感情。有一篇西洋短篇小说，写一个丈夫因为太爱妻子，不愿妻子对他有丝毫秘密。有一天，在他妻子外出时，偷偷搜查她的梳妆台抽屉，竟发现了一束情意缠绵的情书。收信人用的是化名。他伤心自己的受骗，在妻子归来时，不由分说，就将她扼死，告诉邻人她急病身亡。妻子的闺中密友来了，吞吞吐吐地向他要回一束托他妻子代为保管的情书，并告诉他，他的妻子是世界上最可信赖的人。此时，这个丈夫才知道由于自己的多疑，铸成了不可挽救的大错。他那只扼杀妻子的手顿时剧痛起来，请外科医生几度动手术无效，终于将隐藏内心的秘密写信告诉医生而自戕赎罪。这当然是个虚构的故事，而作者的深意，也无非为了给世人以警惕。

旁人的秘密，知道得愈少愈好；即使知道了，也要当作不知道，或很快把它忘了。古语说："流言止于智者。"秘密也当止于智者。这是一项处世哲学。我的母亲是位纯朴的农村妇女，在我的记忆中，她从来没有对人飞短流长。闾里街坊、叔伯妯娌之间，她处得融融洽洽。人家向她打听什么，她总是笑嘻嘻地说："没有什么呀，我一点也不记得有什么事嘛。"没有一个人觉得我母亲是个阴险人物，大家都乐与之交。记得有一次，我在猪圈的稻草堆里发现了几十个鸡蛋，猜想一定是什么人偷来藏在此地。我顽皮地用铅笔在蛋上画了小小"十"字，并告诉了母亲。母亲把我训斥一顿，不许我对任何人说。不久，一位邻居老太太送来一篮鸡蛋，我一看，上面画有十字，就知道是她住在我们家的女儿把鸡蛋偷回家，再由她母亲送来。我站在一边露出不屑的神色，我母亲却频频以目示意要我走开，并对她表示十二分的感谢。老太太走后，我母亲把我叫到跟前，正色对我说："小春，几个鸡蛋算得什么，难得的是这份情意。你不应当记得她女儿把蛋拿出去，而应当感谢她母亲把蛋送给我们的心意。况且，她母亲也不一定知道蛋是怎么来的。记住，人要厚道，厚道可以积福啊！"我一辈子也忘不掉母亲的好心肠。

母亲还给我讲了一个历史故事，是外公讲给她听的：有一个穷书生，去拜见一位太守谋个小差使。当太守未出来时，穷书生忽然发现地上有一支金钗，他拾起来，犹豫一下，便慌慌张张地把它收在衣袖里。这动作，却被屏风后面太守夫人看见了，她立刻拉住太守，叫他慢一步跨出门去，直到书生藏好金钗，才让他出去。太守并不知书生的偷窃行为，对他态度温和诚恳，并答应给他工作。书生内心惭感万分，次日便把金钗送回，向太守忏悔自己的一念之差。这个故事寓意在乎诚以感人，而太守夫人代人保守秘密、成人之美的器量，实在令人钦佩。我当时觉得，我的母亲，就有点像那位太守夫人。

我幼年时喜欢听故事，父亲的一位朋友姜伯伯故事很多，但有时也重重复复地，讲了又讲。有好几次，他给我们小朋友讲故事时，一开口我就拍手喊："我知道，这个故事我听过了。"于是就抢着滔滔地讲下去。直到讲完以后，姜伯伯在我耳边悄悄地说："小春，你讲得那么得意，可是你把姜伯伯肚子里这点学问全抖光了，叫姜伯伯多没意思呀！"我听了心里好过意不去，抱歉地说："姜伯伯，我下回不这样了。"以后他对大家再讲我听过的故事时，我仍旧装出很有兴趣的样子问："后来呢？后来呢？"姜伯伯高兴地说："后来呀，后来的就让小春讲吧！"姜伯伯还是把最精彩的最后部分留给我过瘾。多好的姜伯伯啊！我至今不知道，他究竟是把我教聪明了，教调皮了，还是教厚道了。但是有一点，我是百分之百可以肯定的，就是这位姜伯伯是位十二分诚恳、好心肠，也最富于幽默感的老人。他终年青布长袍一件，旱烟筒一支，一副慢吞吞与世无争的样子。他对我说，三国里曹操杀杨修，无非为了自恃聪明的杨修，每次猜透了他的腹内机关。周瑜猜忌诸葛亮，只为诸葛先生事事总胜他一筹，此庄子所谓"巧者劳而智者忧"。所以凡事总要能包涵，可以化解戾气。

春秋时代五霸之一的楚庄王，有一次大宴群臣，特地命他的爱姬为嘉宾斟酒。忽然一阵大风把灯火吹熄了，有一位轻薄臣子乘机踩了一下爱姬的脚，把她鞋尖上的珍珠踩掉了。

她非常生气，随手抓下此人的帽缨，回来报告庄王，要处没有帽缨的人于死罪。庄王却从从容容地下令，暂时不要点灯，他说为了宾主尽欢，大家都把帽缨取下，然后再点灯开怀畅饮。爱姬埋怨大王何以如此做法，庄王说:“凡人往往由恐惧而生恨心，由猜疑而动杀机。我非圣贤，如果我知道是哪个对你无礼，即使勉强原谅他，仍不免耿耿于怀，不如根本不知是谁，彼此心中不存芥蒂，岂不更好。”那个开罪爱姬的臣子，自是感激涕零，痛改前非了。庄王真可算得是个聪明绝顶之人，他宁可不要知道那个秘密，保全了别人的名节，也消除了自己的怨毒之心。这才是君子的以德服人，庄王之所以能成霸业，绝非偶然。

另外一个相反的故事，就是晋文公的妻子齐姜。那时文公尚是公子，逃亡在齐国，她为了替丈夫保密，把听到晋国臣子密谋送公子回国的采桑女子杀了，然后协助公子返国。这真可作为好传播秘密者诫。今天电视上动不动就“杀之以灭口”的血淋淋事实，正属此类。

天主教的神父，上帝赋予他听取旁人秘密的特权。但他们在听取信徒忏悔时，必须穿上道袍，端端正正闭目凝神，坐在一个密封的神龛里，听忏悔者从缝隙中喃喃诉说。这样的仪式，固然是表示宗教的庄严，可能也含有保护神父安全的用意吧。记得有一部西片，叙述一个杀人犯向神父忏悔，神父因他本性尚属善良，劝他自首，他却没有勇气，又生怕神父泄露他的秘密，进而谋杀了神父。一位曾受神父抚育之恩的警察发誓侦查凶手，终被他侦破。该片故事曲折，意义深长，正足以为好听旁人秘密者诫。

我服务司法界多年，在工作上，每天过手的黄色公文夹、密件、机密件、最机密件，正不知多少，一切在我都是“过目即忘”。一则我生性对于“等因奉此”的公文，特别健忘；二则私人谈话不涉公务，是职业道德。英文字的“秘书”或各部的“首长”（secretary）就是由“秘密”（secret）一字引申而来，可见从事公职，保密第一。这是就公务上来说，就个人而言，人尽管有深度、有涵养，内心的秘密，究竟是愈少愈好。所谓：“君子坦荡荡，小人长戚戚。”司马光说他自己平生无事不可对人言，就是一种坦荡荡的磊落胸怀。以今日社会关系如此复杂，人际关系如此密切，大众传播如此发达，刺探秘密的方法又是如此巧妙，保密实在是一件十二分不容易的事。否则的话，美国前总统尼克松的前程，也不会断送在水门事件上。越南的沦亡，季辛吉[1]也可以把对阮文绍的承诺

① 季辛吉：即基辛格。

推得一干二净了。可见从事政治工作，也是以少要秘密手段的好。国际之间，正复如是。二次大战时期，罗斯福总统有一次去看丘吉尔，一时忘了敲门，进去时丘吉尔尚未穿衣服，罗斯福赶紧想退出，丘吉尔笑嘻嘻地说："你别走，我们之间一向坦诚相见，没有什么秘密的。"此正是这位幽默的英国首相之所以成为伟大远见的政治家。这句名言，也可以供今日仆仆风尘的季辛吉作为座右铭。

人与人之间的相处，互相尊重对方的言行，互守分际，就不致产生刺探秘密、泄露秘密的不愉快事情。好像有句话说："要消息传得快，告诉女人。"我家乡也有句话："三个女人抵一面大锣，敲得无人不知。"身为女性的我，感到非常的不公平。人性的弱点，并无分男女，"群居终日，言不及义"者，难道都是女性？

为了"防人之心不可无"，才会有"逢人只说三分话，不可全抛一片心"的古训。但人生一世，总不能没有一二莫逆的知交，可以倾心相许，剖腹相示。古人有两句词云："但得两心相照，无灯无月何妨？"无月无灯的夜晚，两个人在一片朦胧中互吐心曲，不必看彼此的脸容，也不必看彼此的眼神，却是灵犀一点，到达了友谊的最高境界，多么令人钦羡？古时候只有油灯、蜡烛，没有现代的一百支光电灯及日光灯明亮。因而“雨夜挑灯”“西窗剪烛”，格外地富于情致，也格外地易增知己之感。这种悠闲的“谈心”乐趣，在匆忙的今日，已不易多得。心灵的枯滞与空虚，是否会造成好探听或传播秘密的不正常心理呢？

十 三

洋迷信把“十三”看成一个不吉祥的数字，尤其逢到星期五。那是因为耶稣与门徒进最后一顿晚餐是星期五，十三个人。但如果没有背师的犹大，出卖老师，那一顿晚餐，可能还是欢欢乐乐的团圆饭呢。可见不吉祥的因素，完全是人为的。中国俗语说：“祸福无门，唯人自招。”当然耶稣之钉死十字架，是他原始就抱着为世人免罪的伟大牺牲精神，他求仁得仁，上升天国，是再吉祥也没有了。终生痛苦的是犹大，不吉祥的是犹大。

由此看来，一个人只要存一颗光明正大、律己爱人之心，他的一生将无往而不利，区区数字的魔术，又能左右得了你什么呢？

十 三

春秋时代，齐国大夫田婴，富甲天下，号称“靖郭君”。他儿子一大群，有一个贱妾所生之子名叫田文，是五月五日端午节所生。靖郭君认为男子生于五月五日不吉利，命贱妾将他丢弃（多么残忍不负责的父亲！），贱妾却偷偷把孩子养起来。孩子长大到六七岁时，有一天叫他混在诸兄弟群中，一同进见父亲，父亲忽然看见这张白白胖胖的生面孔，奇怪地问他是谁。孩子回答说：“就是你要丢弃的五月五日生的婴儿。”父亲大怒，要重重处罚他们母子。这个六七岁的童子长跪地上，从容地问他父亲五月五日出生究竟有什么不好。父亲说，因为五月五日生的孩子，长大了要跟门上横木一样高，那就是不吉利。孩子笑着反问：“如果只为这一点，那太简单了，只要把门拆去加高一点就行了。况且，一个人生来是受命于天呢，还是受命于门户呢？”问得做父亲的哑口无言，暗中却惊奇这个孩子小小年纪，如此机智，内心不但不讨厌，反而喜欢他了。从此好好待他，田文长大以后继承父业，就是有名的“春秋四公子”之一的孟尝君。

这个人尽皆知的故事告诉我们一点，数目字的吉利与否，完全操纵在自己手中，孟尝君当时说“人生受命于天”，现代人更要进一步说：“人生受命于自己。”因为人定可以胜天。儒家虽然有“尽人事以听天命”的话，老子也说：“知无可如何而安之若命。”但第一步先得尽己，即尽了奋斗的本分。“听天命”与“安之若命”并不是叫我们坐在那儿接受命运的支配，而是不要“怨天尤人”。古人所谓的“天”，就是自然。楚项羽败亡之日，愤懑地说自己“身经大小七十余战，战无不胜，攻无不利，今日之败，乃天亡我，非战之罪也”。这位狂飙式的英雄人物，没有自我检讨失败的原因，是由于不能接纳忠言、太自负、太意气用事，却归咎于天，故怀着满腔怨愤而终。我们于千载之后，固然不忍心过分责备他，但也可引作借镜。

大文豪海明威说：“一个人可以失败，但不能被击倒。”迷信的心理因素，尤其不当对立身行事有所影响，否则，就是被击倒了。

旧式的农村家庭，忌讳特别多。记得我母亲计数时数到“四”一定得说“两双”，“五”字得加上一句“五子登科”，因为“五”“无”二字声音相近。“没有”得说“不有”，因为“没”“殁”同音。母亲具备了旧时女性所有的美德，一生忍让、谦卑，从来不向人诉说个人痛苦。横逆来时，她认命。我唯一的哥哥去世时，她哭干了眼泪，也认命。可是她对我的抚养、教育，却没有认命。我是女儿，她没有把女儿看得不如儿子，没有说过：“你怎么会是个女孩子，真是命。”反之，她时常对我说：“你是我独养女儿，也是我独养儿子，一切看你自己了。”在节骨眼儿上，母亲是不认命，也不迷信的。因此我从小养成不喜欢迷信，也不怕鬼的性格——尽管我走在马路口时胆小如鼠，只不过是“君子不立于危墙之下”的自我解嘲而已。

再说“十三”这个数字吧。对西方人是不吉祥，对中国人来说，还是多姿多彩的好数字呢！我国的宝库经典，《十三经》是一切学术的来源。《论语》的注释有十三家。佛教传入中国宗派为十三宗，宋元时代的画有十三科，最巧的是《孙子兵法》也是十三篇。可见古人对于十三特别重视，认为是个很严肃的奇数。

唐宋时，佛教兴盛，高僧圆寂以后，所建舍利子塔，称“七宝塔”，实际却是十三层。我肄业杭州之江大学时，距校址数百步之遥，就是六和塔。外表望去是十三层，进入塔内，拾级而上，却是七层，建筑非常精巧。登塔顶，俯瞰波涛汹涌的钱塘江，真有杜甫“振衣千仞岗，濯足万里流”的壮阔气概。杭州的钱塘门外有一处古迹称为“十三楼”。东坡居士在杭州任太守时，时常憩息其上，曾有诗云：“游人都上十三楼。”由此看来，“十三”实在是个有好姻缘的数字。

我个人就非常喜欢“十三”，记得我是十二岁由双亲带到杭州，十三岁考取了一个教会中学，正式当起“学堂生”（这是母亲对学生的称谓，如今说起此三字，仍感到特别亲切）来。那一年，母亲带我去西湖灵隐寺进香，谢菩萨保佑我考上学校。寺院中有一百零八尊罗汉。母亲叫我随自己的选择，从任何一尊罗汉数起，数到跟自己年龄相同的数字，看看是怎么长相的一尊罗汉，然后请教寺内法师，可以预卜前程。我特地选了一尊慈眉善目的罗汉，数到第十三时，却是一尊离奇古怪的罗汉，铁青的脸，一对眼睛里长出一双手，伸得长长的。每只手心中长着一只眼睛，把我骇一大跳，总想自己将来一定不会有好运道。站在我身边的老和尚却笑眯眯地对我说：“这是一尊智慧罗汉（他当时说的名字我已不记得了），他会保佑你聪明、读书好的。”我将信将疑。回家后一直不快乐，家庭教师解释给我听说：“眼睛里长出手，伸得长长的，表示眼睛看得远远的，手心里又有眼珠，表示智珠在握。这不是很好吗？”我这才高兴起来，也增加了自信心。后来更知道是老师鼓励我、安慰我的话。但那尊罗汉的古怪印象，总时时在心，不由得对“十三”也有一个特别的观念。凑巧的每逢十三，一切都非常顺当，这并不是迷信，因喜悦的心情，往往能使周遭事物，化得祥和吉利。

最近我的妹夫应邀出国访问，启程之日，正是十三日的

十三

星期五，我妹妹起初心里有点嘀咕，他却高高兴兴带她上路。现已畅游归来，精神饱满。一位好友数十年前的结婚佳期正是农历十三日，他们现在已子孙满堂。可见境由心造，心理健康，能使理智清明，万事自然顺利，何必去管那套洋迷信呢？

桂花雨

中秋节前后，就是故乡的桂花季节。一提到桂花，那股子香味就仿佛闻到了。桂花有两种，月月开的称“木樨”，花朵较细小，呈淡黄色，台湾好像也有，我曾在走过人家围墙外时闻到这股香味，一闻到就会引起乡愁。另一种称“金桂”，只有秋天才开，花朵较大，呈金黄色。我家的大宅院中，前后两大片广场，沿着围墙，种的全是金桂。唯有正屋大厅前的庭院中，种着两株木樨、两株绣球。还有父亲书房的廊檐下，是几盆茶花与木樨相间。

小时候，我无论对什么花，都不懂得欣赏。尽管父亲指指点点地告诉我，这是凌霄花，这是叮咚花，这是木碧花……我除了记些名称外，最喜欢的还是桂花。桂花树不像梅花那么有姿态，笨笨拙拙的，不开花时，只是满树茂密的叶子，开花季节也得仔细地从绿叶丛里找细花，它不与繁花斗艳。可是桂花的香气味，真是迷人。迷人的原因，是它不但可以闻，还可以吃。“吃花”在诗人看来是多么俗气，但我宁可俗，就是爱桂花。

桂花，真叫我魂牵梦萦。

故乡是近海县份，八月正是台风季节。母亲称之为“风水忌”。桂花一开放，母亲就开始担心了：“可别做风水啊！”（就是“台风来”的意思）她担心的第一是将收成的稻谷，第二就是将收成的桂花。桂花也像桃梅李果，也有收成呢。母亲每天都要在前后院子走一遭，嘴里念着：“只要不做风水，我可以收几大箩。送一斗给胡宅老爷爷，一斗给毛宅二婶婆，他们两家糕饼做得多。”原来桂花是糕饼的香料。桂花开得最茂盛时，不说香闻十里，至少前后左右十几家邻居，没有不浸在桂花香里的。桂花成熟时，就应当“摇”，摇下来的桂花，朵朵完整、新鲜，如任它开过谢落在泥土里，尤其是被风雨吹落，那就湿漉漉的，香味差太多了。“摇桂花”对于我是件大事，所以老是盯着母亲问：“妈，怎么还不摇桂花嘛？”母亲说：“还早呢，没开足，摇不下来的。”可是母亲一看天空阴云密布，云脚长毛，就知道要“做风水”了，赶紧吩咐长工提前“摇桂花”，这下，我可乐了。帮着在桂花树下铺篾簟，帮着抱桂花树使劲地摇，桂花纷纷落下来，落得我们满头满身，我就喊：“啊！真像下雨，好香的雨啊！”母亲洗净双手，撮一撮桂花放在水晶盘中，送到佛堂供佛。父亲点上檀香，炉烟袅袅，两种香混合在一起，佛堂就像神仙世界。于是父亲诗兴发了，实时口占一绝：“细细香风淡淡烟，竞收桂子庆丰年。儿童解得摇花乐，花雨缤纷入梦甜。”诗虽不见得高明，但在我心目中，父亲确实是才高八斗，出口成诗呢。

桂花摇落以后，全家动员，拣去小枝小叶，铺开在簟子里，晒上好几天太阳，晒干了，收在铁罐子里，和在茶叶中泡茶，做桂花卤，过年时做糕饼。全年，整个村庄，都沉浸在桂花香中。

念中学时到了杭州，杭州有一处名胜满觉陇，一座小小山坞，全是桂花，花开时那才是香闻十里。我们秋季远足，一定去满觉陇赏桂花。“赏花”是借口，主要的是饱餐“桂花栗子羹”。因满觉陇除桂花以外，还有栗子。花季栗子正成熟，软软的新剥栗子，和着西湖白莲藕粉一起煮，面上撒几朵桂花，那股子雅淡清香是无论如何没有字眼形容的。即使不撒桂花也一样清香，因为栗子长在桂花丛中，本身就带有桂花香。

我们边走边摇，桂花飘落如雨，地上不见泥土，铺满桂花，踩在花上软绵绵的，心中有点不忍。这大概就是母亲说的“金沙铺地，西方极乐世界”吧。母亲一生辛劳，无怨无艾，就是因为她心中有一个金沙铺地、玻璃琉璃的西方极乐世界。

我回家时，总捧一大袋桂花回来给母亲，可是母亲常常说：“杭州的桂花再香，还是比不得家乡旧宅院子里的金桂。”

于是我也想起了在故乡童年时代的“摇花乐”，和那阵阵的桂花雨。

乡音不改

台湾之所以可爱，我认为“方言”种类之多也是原因之一。方言表现不同地区的民情风俗，也表现一个地区的文化水平。但尽管各说各话，而彼此之间的感情思想，一样可以沟通，而且还以学对方的口音方言为乐。

台湾提倡说“国语”，我家乡人称之为“正音”，一提到正音，就觉得不同凡响。记得我卒业大学，在故乡县城初中教国文时，也是规定上课得说“国语”，而苦于同学们不能完全听懂，为了教学上方便，我大部分都用家乡话讲解，遇到督学来时，立刻转为“国语”；督学一走远，又立刻回复家乡话，非常灵活的双声带，虽然有点作伪，但也是万不得已的权宜之计。后来想出个两全办法，为了训练同学的听觉，凡是念课文时，用“国语”，解释时用家乡话，倒也颇收成效。

我是浙江人，单是浙江一省，就不知有多少种方言。我的出生地是离城三十华里的瞿溪镇。口音与城里的就不大一样。城里人喜欢学我们乡下人土音，乡下人又羡慕城里人说话文雅。但如遇到外路（指的是宁波、杭州）人来时，就认为是真正说“官话”的人来了，都不禁肃然起敬。

先父早岁求学外乡，后来供职杭州，虽然是做了官，官话却并不正确。有一天，他为处理重要公事，深夜才从司令部徒步回家。守卫一时认不清，喝问：“什么人？”先父说：“参谋长。”守卫又大喝：“大胆，搓麻将，不许通过。”原来先父“长”“将”说不清，搞出一场误会。

我大学中文系系主任夏老师是永嘉人，他在课堂里讲授《诗经》《楚辞》、专家诗词时，讲着讲着，就唱起来。唱的是永嘉调，抑扬顿挫，煞是好听，同学们全体都跟着唱，真个是弦歌之声，溢于户外。但因他们不会说永嘉话，咬字不准确，单独唱时，就走了样。夏老师时常朝我一点说：“你唱。”我一唱就像了，同学们都羡慕我得老师之真传。正因我和老师同乡，得天独厚也。直到现在，我如用“国语”背诗词，总打疙瘩，非得用家乡音背，才得一气呵成。因故乡音四声清浊分明，加上特有的腔调，唱来格外有韵致。去故乡日远，以乡音唱诗词，亦未始不可解乡愁于万一。记得夏老师以“猪油炒饭吃”让同学们分阴阳平、上、去、入。每觉“国语”无入声字而破坏了诗词音调之美，所以他很得意他的乡音不改，才得欣赏金声而玉振的诗词。

我童年时在故乡，最羡慕的是会说“正音”的人。在城里念师范的四姑，会说几句正音，据她自己说还代表学校演讲比赛过。我起先对她有几分佩服，也有几分忌妒。可是有一次听她跟我父亲从杭州带回的马弁谈天，把“吃面”说成“吃脸”（杭州人“洗面”叫“洗脸”，她想“吃面”一定叫“吃脸”），我就再也不把她放在眼里了。我学正音宁可跟马弁学。在看庙戏时，扮大官的要说官话，马弁难得听懂几句，高兴得直拍手，听不懂的，我就卷起舌头解说给他听。旁边看戏的都说：“到底是官家小姐，会说外路话呢！”我顿时自觉有鹤立鸡群之感。县城里当然开明得多，大绸缎庄、百货店的伙计们，多少都会几句“正音”，遇到“外路人”顾客光临时，他们都抢上前去殷勤招呼。那情形就像现在会说几句英语的人，见到洋人，招呼起来比招呼自己同胞热络，一模一样。

我到杭州进入初中以后，说话勉强应付，一到背书就惨了，明明滚瓜烂熟的文章，用杭州话一背就结结巴巴。同学们都捂着嘴笑我，我气不过，忽然不顾一切地转为家乡音，把一篇《赤壁赋》一口气背到底。听得同学们目瞪口呆，总算服了我。我尽管衣着土、说话土，肚子里“学问”好像还比她们多了那么一点点。因为我是私塾出身，不像她们从教会小学直升上来的。我为雪前耻，拼命学杭州话，十几岁的孩子，还不很快就学会了。同学中有上海人、苏州人，她们一说起老气横秋的上海话、嗲声嗲气的苏州话，杭州同学又不胜羡慕起来，认为她们的口音时髦，仿佛英文里带点法文口音，才显得有学问似的，于是都跟她们学。我常于同乐晚会上，学老师方音传神，博得如雷掌声，引以为荣。

后来在上海念大学，那三句半上海话就不够应付了。在上海人眼里，杭州人总有点土包子兮兮。到大公司买东西，说广东话、“国语”都吃得开，就是杭州话受歧视。于是我又下苦功学上海话。宿舍中五方杂处，学沪语、北平话都有的是机会，只看你有没有耐性和天分。我倒是双管齐下，半年后，自认为颇着成效，和上海同学说上海话，和北平同学就说“国语”，真有点“兵来将挡，水来土掩”之乐。那份沾沾自喜之情，如今想来，甚是可笑，因为我哪种话也没学得道地。

现在，从大陆来台，中年以上的，都是孔子所说的“东西南北之人”，籍贯成了身份证上的名词，却是大部分浓重的乡音不改。与人交谈时，听到对方一开口，就会猜到他是哪里人。猜对了，不论是否同乡，都有他乡遇故知之感。至于在台湾出生的年轻一代，和本省的年轻人，全说的纯正“国语”。因此二十多年来，我就没有学会闽南语。偶然跟他们学几句，却发现“长、短、重、湿、干”几个字都是舌头音，只是音调很难咬得正确，年纪已经不小，学语言不是时候了。再说故乡既然渺不可即，保留点乡音，多少也是慰情聊胜于无吧！

迟来的青春

有一次，我参加一个团体旅行，其中有一位看起来比我们稍为年长的老先生，说起话来，声音洪亮，走起路来健步如飞，整天神采奕奕，丝毫没有疲倦的样子。当他告诉我们他已七十五高龄时，真令我们难以置信。我请教他有什么秘诀，他笑笑说："很简单，忘掉自己的年龄。当我大清早起床时，也许还有点像七十岁的人，一出外散步就只有六十岁，一到课堂就只有五十岁，一和青年人谈天说地，就只有四十岁，甚至忘掉年岁了。人就是这么奇妙，心情不老就永不会老，一感到自己老就马上老了。"

这一席话也没什么深奥，可是要保持年轻的心境并不容易。人往往为了一些鸡毛蒜皮小事情耿耿于怀，这是最会催人老的。我在朋友家看到一副韩国人送他的对联："一怒一老，一笑一少。"话虽简单，却是至理。据医生说："发一次怒比发一次高烧更伤害身体。"多么令人吃惊！可是生于匆遽的现代，人的密度愈紧，彼此摩擦的可能性愈多，相视而笑的时候愈少。如果不能保持心境的平衡，真的很快就老了，任是服什么"欲不老"的补药也没有用。医生又说："快乐微笑的时候，只牵动面部筋肉十三条；发怒或皱眉时，要牵动面部筋肉六十五条。"可惜我看到许多医生本身，面带微笑的也并不多。可见说来容易，实行很难。像我前面所提的这位老先生，真可说是"一笑一少"的忘年之人，所以他会如此健康、快乐。

我家对面邻居是一对中年以上的夫妇，每天早上天没亮就双双出外跑步，在公园中打太极拳，七点多以后才散着步有说有笑地回来。他们总是对人笑嘻嘻的，待人非常真诚热心。我从来没有听到这位太太与人说长论短，或与摊贩争斤论两，事事乐于助人。见到他们，就会给你带来一分宽和、一分喜悦。多少年来，我看她一直没有老。因此我想保持年轻，不但要忘年，还要忘我。时时关心旁人，就会忘去自己的忧患。尼采说："许多人的心灵先老，许多人的精神先老，有些人年轻时就老了，但是迟来的青春，是持久的青春。"此话值得深思。所谓“迟来的青春”，就是中国人所谓的“返老还童”，保持一片赤子之心。

日前我在公园做晨操，看到两位老人，一男一女，女的扶着步履艰难的老先生慢慢走进来，沿着一圈洋灰路散步，走得非常慢，走了两圈，再帮助老先生在长椅上坐下来，然后自己开始做柔软体操。活动一下筋骨以后，才又扶着老先生起身说："爸爸，我们回家吧！”我才知道他们是父女。这位老年的女儿，看去也总在六十以上，两鬓白发皤然，老先生更不必说，这情景使我非常感动。到了垂暮之年，父女仍能相守相依，女儿如此孝顺父亲，这种现象，在西方人似乎不能想象。像这两代的老人，在美国可能都分别进入养老院，对着天天见面都是陌生依旧的面孔，喃喃地各说各话，一旦溘然长逝，就被悄悄地送进殡仪馆、公墓。而在重孝道的中国人，儿女们是不会把老年父母送进养老院的。可是当我望着两位老人背影渐行渐远时，不由又想起他们的儿孙是否都在国外呢？或是虽在国内，而忙于事业，忙于赚钱呢？当两代的老人，相扶着出外散步时，也许做儿孙的正高卧未起，或是早已急匆匆地赶上班了呢？想到这里，不禁黯然。岁月本来是不饶人的，老年本身并不可悲，可悲的是老来的孤单。当孤单来袭击你时，如何排除呢？我旅美时在一个小机场候机，旁边坐着一位伛偻的老妇人，我好奇地问她一个人出外旅行吗？她说是的，每年她都要出外一次，过去都是比她小四岁的妹妹和她做伴，去年她妹妹死了，如今只剩下她一个人，可是她仍要旅行。我看她神情很平静，尽管脸上的皱纹里，刻有许多忧患（妹妹的死一定使她伤心），表情却是木木然的，想她已安于孤单的生活了。在美国老年的孤独是当然的。在水牛城我遇见另一位八十四岁的老妇人，却是精力充沛。她一个人照顾满园花木，每隔几天采集许多鲜花，自己开车送给附近医院里的病人。她的弟弟也六十多岁了，他告诉我她是大他二十岁的老姊姊，当年是红歌星。我看见她二十岁演蝴蝶夫人的照片，请她站在照片前拍了一张照。六十年的岁月，被浓缩在这张照片里，人生就是这么奇妙。她把用脱水花叶排成图案的一个镜框送给我，情意十分深厚。这个镜框我一直摆在案头。那张有意义的照片，贴在相片簿里。它们使我沉思默想，使我领悟青春与老年的差别处、相同点。我不知道这位八十四高龄的可敬老人是否依旧健在。

在公务员公保处的候诊室长沙发上，每天一定有许多已退休的老年人，在等待和医生诉病，诉老年。医生却是面不改色地、快速地给他们开了方子，然后他们又颤巍巍地走到领药处，坐下来打着瞌睡等药。这一群老年人，彼此常常见面，可能有一天，忽然其中的一位没有再来了，永不再来了。大家提到他，彼此唏嘘地感慨一番，不久也就淡忘了。因为不定什么时候，另一位又将悄悄地隐去，谁知道呢？因此我想到“退休”二字，实在给人精神上一个“老”的暗示，“老”的威胁。公务员服务年资到了，当然不能不退休，可是形骸可以退休，精神绝不可退休。像水牛城的那位老妇人，她一个人莳花种菜，一个人开车送花给病人，她并不把自己送到医院去跟病人谈病，向医师讨药。相反地，她还照顾别人、安慰别人，这真是做到“忘年”“忘我”的最高境界了。我想起两句诗，颇足以描绘这位老妇人的心境：“湖号莫愁归去后，拈来细草亦忘忧。”

这就是迟来的青春，也是持久的青春吧！如今常说“青少年”“中老年”，两者成了强烈的对比，让我们以拈花微笑的心情，使“中老年”回复到“青少年”吧！

我没有绿拇指

我没有绿拇指，任何绿油油、活泼泼的花草，被我捧回家来，起先旺盛一段时期，渐渐地叶子一片片转黄，终至完全枯萎了。我真不明白是什么原因，曾经为此请教好多位种花经验丰富的朋友，她们都说我全副精神都给了小猫，因而忽略了对花木的照顾。其实这是天大的冤枉。我对于动植物，一视同仁。照顾得不好，只能说经验不够，绝不是偏心。说实在话，我对于花木比对小猫还周到。也许太紧张点，花木也受不了，就跟我“拜拜”了。比如说，去年在一位住郊区的朋友家，看到他们阳台上一盆似羊齿类不知名的兰草，实在可爱，他次日就亲自把它带来送我，说分给我一半绿意，并告诉我此草移自山阴潮湿之处，不宜使太阳直射，须置放通风而有阳光的地方，每隔三五日洒点水就行了。我把它摆在客厅一张最通风的长桌上，浇的水都是头天接在杯子里，以免有消毒的氯气味。每天必用潮湿的布轻轻抹去叶上灰尘。遇到阴雨天，捧到阳台接受天然雨水，太阳一出来，赶紧捧进屋子，如此者数月，居然叶子欣欣向荣，绿意盎然。它的原主人来看了大为高兴，夸我好会养花。谁知言犹在耳，兰草开始无精打采起来。起先是一两片叶子的尖端焦黄了，渐渐地每片叶子都出现黑斑，然后一片片萎缩了，就像晒干的柴棍似的。我怀疑是水浇少了，就每天加水，谁知愈加黑斑愈多。打电话问那位朋友，他说可能是水加多了。我问他究竟几天加一次，每次加多少呢？他笑笑说："你别那么紧张好不好，哪有那么科学化？我自己究竟浇多少水也没数。想到时就加点，有时就让它渴半个月。你别理它，自然就会活过来的，植物也跟人们一样地会撒娇。"我听他的话，暂时不理它，由它在阳台上日晒夜露，风吹雨打的，可是看了心里好不忍。不到半个月，这盆兰草就此归了道山。我为此怅惘了好几天，又深感对不起朋友。电话向他告罪，他云淡风轻地说："枯了就扔掉，我以后再送你一盆。"我谢谢他，再也不敢要了。

屋子里没有一丝天然绿意总是不够精神。曾有一位朋友笑我到处摆的是没有生命的缎带花、绒线花、纸花、塑胶花，实在不够“书卷气”。我有点不服气，就在一个花铺里买回一根小小的木柱（像一段木头，只需将一端浸在浅水中，就会发芽，据说名叫“铁树”）。我守着它今天看，明天看，竟是毫无动静。去问花店，老板娘告诉我要用一块湿棉花，按在木头的顶上，我照做了，不到一周，边上爆出一粒像绿豆的嫩芽来，我好高兴。几天后，另一边又爆出一粒，我就隔三五天在棉花上滴点水，两边的芽发得非常平均，渐渐地长出四片碧绿的嫩叶子，对称地左右垂下，看去就像个好乖、好乖的扎着两条辫子的小丫头。我对自己说，这下我也有绿拇指了，这是我自己培植起来的四片叶子。我好得意望着它们长呀长的。有一天，忽然发现其中一片叶子软趴趴的一点精神没有。这一惊非同小可，仔细一看，原来叶根与树皮连接之处已经烂了，一摸树皮也松松软软地脱离了木头。我急得真要哭出来，外子怪我水滴多了，或是阳光不足。不知是什么原因，只有自怨自艾。眼看如此可爱乖巧的小丫头夭折了，怎叫人不伤心。谁说我只爱小猫小狗，不爱花木呢。可是花木就是不爱我，不肯为我兴旺，不肯与我通情愫。一位朋友的文章里说，要把草木当作家里的一分子，要对着它们说话，对着它们唱歌：“小小的丝瓜呀，往上爬呀！”我也是把草木当作家里的一分子，所不同的只是没像她轻松地对它们唱歌。我总是好紧张地望着它们，生怕它们太干、太湿，晒不到太阳，或阳光太强了。恨不得一下子把它拉大，就像从前抚养唯一的宝贝儿子似的，看钟点喂奶，看《育儿法》定分量，他反而三天两头发烧泻肚子。后来经多子多孙的母亲们告诉我：“若要小儿安，须耐几分饥与寒。”可是真让他饥寒了，心里又何忍？总之左不是、右不是。一句话，都是由于不能一任自然，处之坦然。莳花种菜与养儿育女都是一样，求好之心太切，反成拔苗助长了。

再说琴几花瓶里的几枝猫柳，原是我农历除夕下午，在东门花摊上买来的最后剩货，当时配上两朵红玫瑰、一朵白菊花，随随便便地插在大理石小花瓶里，总以为过了年初五就该扔掉了。初五以后，玫瑰花瓣一片片飘落了，菊花也谢了，我索性换上两朵紫菊花，而猫柳的银色小蓓蕾，却愈长愈闪亮肥硕，一颗颗好乖巧地匍匐在枝条上。真的就像一只只蜷伏的小睡猫。我抽出枝条一看，下端居然长出丝丝细须，尖顶还爆出绿芽。真叫我喜出望外，立刻又加意爱护起来。听人说茶卤子可以养木本花枝，于是每隔数日，滴几滴茶卤，谁知蓓蕾马上就掉下好几粒。我知道自己又在折腾它了，及时停止“施肥”，只在记起来时加点水，直到现在已经端午节了，整整五个月，猫柳依然无恙。银色毛茸茸的小猫仍然乖乖地匍匐着，谁能相信如此柔弱的枝条，竟有这样顽强的生命力，不能不令人叹佩。但如果我也像照顾那株铁树似的照顾它，也许它早就不胜负荷了。可见人类的紧张心情，确实会感染树木花草，怪不得西方科学家以电子感应器探测树木是否听懂人类的语言，答案是正面的。记得童年时读一篇古文，叙述京兆一家五兄弟议论分家，财产平均分配以后打算将庭前的大树锯为五段平分，次日树叶顿时枯谢，兄弟大大的感动，抱树痛哭，从此同心一德，永不分离，树马上又活了。如此看来，“草木无情”是人类不公平的怨望之词，“花解语”并非文人的渲染，花真的能解语，树木真能与人类共哀乐，应该不是迷信吧。

记得斯坦贝克有一篇题名《菊花》的短篇小说，描写那个少妇爱菊花的狂热，到了如醉如痴的地步。她眼看一个过路客人把她托付携带辛苦栽培的菊芽扔在路旁，简直伤心欲绝。作者所要表现的是少妇的孤傲与寂寞感，爱菊只是象征，我恨不得要劝她“惜花须自爱，休只为花疼”。我们中国人爱花木是一分悠闲的情趣，懂不懂园艺也无关紧要，自己培养不来花木，就到友人家或乡间去赏花看树。我寓所对面邻居，阳台上摆了不少花盆，远远望去，似乎也有抽新芽新枝的，也有凋谢的，倒是三楼阳台男主人种的九重葛，红得好嫣，迎风招展，人人可得饱餐秀色，如此想来，没有绿拇指也就不必懊悔了。

记起前年从美国带回一小瓶养花的“营养露”，牌子名字就叫作“绿拇指”（Green Thumb），是偶然在一处超级市场买的，自己既不会种花，就把它送给一位爱种花的好友。她乡间有三间简朴平房，四围花木扶疏。她在都市住腻了，就下乡去闻几天花草树木的清香，昨天她回来后打电话告诉我，为我带来几枝白绣球花，开得好漂亮，而且会变色，由浅紫转浅绿再转纯白。我立刻说：“你真有绿拇指。”她笑笑说：“哪里是我的绿拇指，是它天然生长的；若着意栽种，还种不得那么好呢。它开得真茂盛、真美，可见大自然才有绿拇指呢。”

一点不错，大自然的雨露阳光，才是真正的“绿拇指”，我们还是回归自然，接受大自然绿拇指的照拂吧。

你丢我捡

每个家庭，大概都有许多“留之无用，弃之可惜”的杂物无处堆放的苦处，加上书报杂志的泛滥成灾，于是房子愈来愈小，人愈来愈无处安身，脾气也变得愈来愈急躁。我个人每到周末，总要做一次大清除，可是清除的结果，仍只是从书桌面移到书橱背，从书橱背移到床下纸匣中，看来毫无减少。这原因实由于我与他之间彼此的“你丢我捡”。

比如说报纸吧，我倒是要剪的剪，要丢的丢，速战速决，可是他床边一大沓，我就无权处理了，他总说：“别动，我还有资料要剪。”却永远没时间剪。我只好把它扎成一捆，束之“低”阁。再说信件，我自认为是个笔头尚勤、有信必回的人。每周回完信，却真舍不得撕，但又太多没处放。他又说：

“慢点撕，我还要看。”他对我友人的信颇有兴趣，因为我的朋友都与他谈得来。但就说是看，他也没有时间呀。加上他的信，虽没有我多，因他长年累月不回信，也就愈堆愈高。问他回不回，他一定说“回、回”。但也得有时间呀。日子太久，怎么回呢？他心上压着友情的债，就只好把信留下，以减轻歉疚。

至于衣服、皮鞋、手提皮包等等，我们彼此看对方的东西都觉得多余、讨厌。我想理出他不再穿戴的衣服领带，不再用的公文包，送的送，扔的扔，他就大为不乐，“看看你自己，这么多废物不扔，少来碰我的。我自己知道什么该留，什么该扔。”说着，他就把我打算扔的一样样捡回去，我只好回头来理自己的，也感到取舍至难。到了夏天，冬衣就显得多余，每件都半新不旧，捐赠又非其时（有篇英文文章说，人们应当将自己需要的东西捐赠，才是真正的爱心，夏天捐冬衣只是摆脱累赘）。台湾天气，春夏不分明，冬衣迟迟不能收。炎气已逼人时，恨不得全部扔掉。这时，他就笑嘻嘻地讥讽我说：“看你吧，这么多的身外之物，单是廉价手提包就左一个右一个，不丢何用？”可是我舍不得丢的不仅是为了不愿暴殄天物，更为了买时喜爱的那份情意。

还有真正的废物塑料袋、尼龙绳子等，我总是一个个理好，一条条扎好，收在固定的抽屉里，以便取之不尽，用之不竭，这是我绝对不丢的。可是他说："好好的抽屉装这些，招蟑螂蚂蚁，要用时买新的。"当我不在家时，他就全给扔了。到用时旧的没有了，新的没买。我说："怎么样，半丝半缕，恒念物力维艰，古有明训啊！"他只好默然。

最记得一位文友报道一位前辈学人的夫人，把尼龙绳当录音带似的，小心翼翼地卷成一卷卷收藏起来。这是多好的一份美德啊！

"丢"，确实须有壮士断臂的气派。我和他都没这份气派。有一位文友的文章说原子笔用完了一扔，那种痛快说不出。她还从里面悟出了哲学。可怜的我，竟连原子笔用完了也有依依之情。因为有的原子笔杆很玲珑可爱。看透明管子里，原子油渐渐下降，好像温度计里的水银柱。握在手中，帮你道出多少心声，一旦油尽，就此一丢，实在不忍。所以我常把笔芯抽去，留着玻璃管在抽屉里滚来滚去，有时还派上了用场。这些"恶习"，都是他所难以忍受的，可是不忍受又如何。反正"你丢我捡"，对峙到底了。

因病得闲

朋友们通电话，或在街上匆匆相遇，一开始总会说：“最近好忙啊！”这个“最近”究竟指两三天，一个星期，还是一个月呢？并不确定，甚至可以追溯到很久以前，所以观念是非常模糊的。接着话题就转到“病”了，彼此诉说一番“东痛西痛”，彼此介绍一番自己信任的名医或偏方。最后一定是说：“等哪一天我们想法聚聚吧！”这个“哪一天”，究竟是哪一天，也是不确定的。你可以长久地期待着，也可能很快地就实现，全看各人忙的程度如何。

“忙”和“病”，也跟“现代人”和“现代人生”这些热门名词似的，成了一种口头禅，似乎除了“忙”和“病”，就没什么贴切的话题了。

忙是忙什么呢？大家都差不多，正常工作以外，免不了的婚丧喜庆、接风、送行、聚餐、开会，等等。哪一件都是人生大事，非应酬不可。记得有一个笑话：母亲正在打扮，孩子问她要干什么，她说要出去应酬，孩子又问应酬是什么，母亲说应酬是一种实在不想去而又非去不可的事。孩子恍然大悟，背起书包说："妈妈，我现在也要去应酬了。"这个笑话并不正确。部分应酬，固然是礼尚往来，而许多至亲好友的喜庆，实在令人满怀喜悦。聚餐座谈等又可以见到久未见面的朋友，得以畅叙，增加生活的情趣，充实写作的题材，怎么说都是快慰生平的。只不过对一个不善安排时间的人来说，便觉得时间被割裂，不能集中思想做一件事，心理上就感到很忙乱。而在一个善于利用时间的人，却一样地"意"定神闲，分段地完成许多工作。罗斯福总统能在等电话接通的零碎片刻时间中，一年看完几部巨著，就是一个好例子。

至于病呢？中年人不外乎五十肩、风湿痛、高血压、血糖、胆固醇等等。真正忙起来就忘了，把它当一回事就愈来愈严重，因而产生一种自怜症。有一篇短文说世界各国患自怜症的妇女愈来愈多。这也许与医学常识的丰富或生活的孤寂有关。如此看来，忙与病似乎是成反比的。忙起来，病也可能不治自愈。我家乡常说"劳健劳健"。劳者必健，这当然指的是劳力而非劳心。但适度的劳心也是养心之一法。因为精神专注，许多想象中的病也自然消失了。可是真正病来时，身心都不能再忙，反倒可以偷闲休息。一位文友因撞车不得不放下家务与工作，在医院中静静休养，因而体会到更多病中情趣，文思泉涌，使读者得以多睹为快，岂不是意外假期中的意外收获。这正是东坡居士说的“因病得闲殊不恶，安心是药更无方”了。

回忆在抗战期间，我孤苦伶仃地卧病穷乡，求医无门。每天仰望满是雨渍的天花板上，壁虎出没。脑海中浮现出许多幻境，感到人生无常，不免悲从中来。忽然接到恩师为我抄来智者大师《治病章》中句云：“但安心止在病处，即能治病。”“息心和悦，众病即差。”“观身无常，苦空非我，是名为慧。”恩师特为注释云：“我空则病空，不以病为苦。在病痛中体味人生，不起厌离念、怨恨恼怒念。以一身所受，推悯大众之苦。”发如此大慈大悲心，实非我这个没有慧根的鲁钝之人所能。但我反复背诵以后，至少已感到能安心接受病痛，而且于病中体味到人情的温暖、款切。恩师又以李商隐的两句诗勉励我：“维摩一室虽多病，也要天花做道场。”能以病室做道场，病魔自去。由于那一点粗浅的领会，看似沉重的病也就渐渐痊愈了。

我又记起好几年前因肠疾两度开刀住院，年轻同学们成群地捧了芬芳的鲜花来探望我，有的坐在床边替我轻轻摇着扇子，有的讲班上有趣的故事给我听，她们真有如散花天女，使邻床的病人也展开了笑容。这正是“息心和悦，众病即差”的证明。

月前趋访一位七十高龄的老友，他客秋大病一场，几濒于死。但一见他气色神情，比病前尤佳。以他在哲学、文学上的修养，大病中的领悟，自是更上一层楼。他示我以《赏月颂》古风一首。小序中说，中秋之夕，因卧病不能赏月，风趣的医师告诉他，护士小姐美如月，病室中亦自有天地。这位老先生一时兴来，作了这首《赏月颂》。最后四句是：“倚床看月月非真，却见嫦娥自在身。金波玉彩不在远，晤言一室清辉满。”好一个“晤言一室清辉满”！他于病榻中拈出禅机，乃能以微笑之智慧，欣赏万事万物，而不起厌离怨恨念。这位老先生是虔诚的基督徒，可见无论哪一种宗教，其最高境界是一般无二的。

古人咏病的诗很多，我独独喜爱杜甫的一首病后遇友人饮酒诗。他描写自己病后“头白眼暗坐有胝，肉黄皮皱命如线”。可是朋友为他摆出美酒佳肴，他就大饮大嚼起来，兴奋感激地说：“故人情义晚谁似，令我手脚轻欲旋。”淡泊的诗人，不以老病为苦，却于老病中更显得幽默风趣，也更珍惜友情。所以他最后说："但使残年饱吃饭，只愿无事常相见。"

北宋的王安石，与苏东坡尽管政见不合，而安石晚年退居金陵以后老病侵寻，东坡去看他，彼此都感到往事如烟，而友情却弥足珍贵。安石希望他住下来做伴，东坡和诗云："骑驴渺渺入荒陂，想见先生未病时。劝我试求三亩宅，从公已觉十年迟。"当年的政敌，如今却有无限知己之感。"病"真能使一个人彻悟，而心灵亦变得愈为温厚了。

一个人于忙忙碌碌、追追赶赶之余，万一真的病了，就无妨借此安心休息，则无论是沉思默想，补读忙时未读之书，或与好友病榻晤谈，岂不正是因病得闲，增加"现代人生"的无限情趣呢？

求医杂感

读了中华副刊[①]《笔阵》中，陈克环女士《当心专家》一文，不由勾起我许多感想。生当今世，一个忙碌的现代人不但辛劳如牛马，还得壮健如牛马。不然的话，一旦生起病来，不是求医无钱，而是求医无门。轻信“专家”固然危险，心仪“名医”，亦不见得就能药到病除。都说“庸医误人”，“名医”也不见得就能着手回春。想起二十多年前，我因新接一项工作，心情有点紧张，引起多年未发的胃病，光是在服务机关医务室拿点不痛不痒的药来吃，虽不见效，倒也没怎么恶化。外子服务的机关比较“伟大”，据说有特约名医，他就极力劝

① 指台湾《中华日报》副刊。

我去诊治。那位名医一提他大名，当年确实是如雷贯耳。于是我慕名而往，拿回药服后，竟然通宵呕吐不止，次晨乃至脱水昏迷，赶紧送公立医院急救，住院二周，才算捡回一条性命。从那以后，一听说“名医”，我就望而却步。总算叨天之佑，二十余年来，倒还没患过什么要死不活的病。可是人到中年，东痛西痛总是免不了的。既然有幸而为公务人员，当然是看公保。可是公保大夫，也有排名先后之分，你要慕名而往的话，那个长龙也不是我这个性急鬼有耐心排的。所以我总是挑个排名靠后点的挂号，可以省时省力。反正既称“公保”，一定是最公平的，任何大夫，开的总是那几种药。偶然运气好，也能挂到名医的号。大体上的情形是这样的：进门时不免鞠躬如也，大夫态度倒还和气，只是和气中透着一股冷漠。（他怎么能对你一个人特别关切呢？后面还有那么多病人等着呢！）我诉说病情，他振笔疾书，写的是前一个病人的病历。等我把病情诉完，他的处方已经开好，我想再请教一句时，他温和地说：“给你开十天的药，回去先吃吃看，大概没问题了。”我只得吞下了千言万语，走到领药处去排第二次队。药一大包，各种颜色的丸子都有。饭前、饭后、睡前……大夫名气愈大，药的种类愈多。连服三天，原来的东痛西痛没有好，胃部却作起怪来，食欲大减，生怕胃病再发，只得把辛辛苦苦领来的药，送进了垃圾桶。有点暴殄天物，但也是无可奈何。如今我已志愿退休，虽然公保费照缴，而且比在职时多缴，虽然公保处依旧门庭若市，我却除了难得修补牙齿，很少去公保。私人齿科名医诊金也贵得惊人，而洗牙镶牙又非私人牙医不可。看来不久的将来，我非忍痛求名医不可。因为齿牙动摇，暗里自知，我总不能做个无“齿”之徒吧。

最近一年来的东痛西痛，又集中在脚后跟上。这种疼痛说起来不像病，可是痛起来不但无法站立，而且坐卧不安，全身乏力，影响工作情绪至巨。这种不算病的病，真个求医无门，只好广试各种偏方，也毫无效果。后来有位朋友说服我去打金针。金针的奥妙，虽已引起世界医学界的兴趣研究，在我听来还是感到悚然。但于走投无路之下，只好壮着胆子去试试。那是一幢旧兮兮的楼房，闹哄哄的像是茶馆，无数的病人，无数的医生，还有无数的见习生、看热闹者。我是由朋友的女儿，也是那儿的研究生带领而去的，算是特别优待，挂了号就被引到一位可能是主任的面前，他问了一些病情，就在一张现成的人体图形的四肢上各处点了几点，递给他的学生叫她来打。到那时，我只有战战兢兢地将四肢交给她，由她安排。她用细长针在我左右手大拇指与食指之间的老虎口各戳进一针，说这是交感神经，戳手就是治脚，半小时后拔掉，居然一针不见血，确实有点道理。当天下午似乎脚痛好些，于是鼓起勇气第二次再去。朋友的女儿不在，又换了一个医生。我问他："你也是研究生吗？"他说："我是见习阶段。"我心里就有点嘀咕，却又不好意思表示不信任，只好硬着头皮把手伸出去，也许是我心情太紧张，也许是他见习经验不足，戳一次地位不对，再一次还是不对，手在发麻，我实在害怕，只好说身体不舒服，下次再来，就抱头鼠窜而逃。从此再也不敢问津，所谓"针灸研究所"果真如此的话，我宁可痛一辈子的脚后跟，也不冒这个险了，因为痛总比半身不遂好吧。

朋友们都劝我要找出病源，必须请教真正的名医，而名医必须有名人介绍，才得另眼看待，仔细替你诊断。可怜我这个小市民，一生也没巴结上一位名人，只好徒呼奈何。最近一位热心的朋友电话通知我，她有位名人朋友，当天要带一位朋友去请教一位名医，叫我也无妨在同一时间去，自己挂了号在医诊室等，就可以被一起带进去。我固然感谢她的热心，可是再三地想，还是没去。我既与那位名人没直接交情，一样地挂号看病，何必去附那骥尾？想起有一年孩子得了急病，三更半夜送贵族医院急救，主治大夫十二分仔细诊治，得以转危为安，虽然花了大把的钱，内心对大夫的"仁心仁术”，却是既钦佩又感激，后来这位名医也有公保门诊，我也去挂号求诊。我怀着旧病家相识有素的心情，特别向他提起我儿子是他治好的，总以为他会较为仔细地为我诊断。谁知他眼观鼻、鼻观心，拿起笔像画符似的，一分钟内就把我这个如大旱之望云霓的病人给对付了。他只瞄了下我的踝骨，就说是痛风症——一种最时髦的尿酸过多的病症。我却执意自己不是这个病，因为我平时素食居多，极少吃大鱼大肉，不可能会有这种营养过多的病。而且我四肢其他任何骨节都无红肿疼痛现象，大夫未经仔细检验，何以一口咬定是这病呢？同是一个人，为何在公保门诊和在他们私人医院，态度迥然不同呢？拿回大把的药我没敢吃，再去请教附近药房老板。他是位药剂师，商业道德极好，他劝我千万别吃这种烈性的药，万一药不对症，会引发内脏其他病症。他也劝我最好少吃药，保健之法，还在乎平时多运动，维持心理平衡。他虽开药房，却并不赞成人多吃药。非到生死关头，最好不要求医，尤其不要求名医，免得心理上产生自卑感。

我最后的结论是：当心专家以外，还要别迷信名医。上天赋予你一个完整健康的身体，你自己应该懂得养生之道。

当然，这个结论，对于那些有名医仔细诊治的名人来说，是不正确的。

如此星辰非昨夜

一九四九年刚来台湾时，除了妹妹，没有其他亲人，知己的朋友都留在大陆。台湾当时在我心情上，好像是遥远的海天之涯，陌生孤寂。初到时没有职业，每晚都茫茫然从住处沿着马路，踽踽地散步。路很宽，却是高低不平的黄土与小石子，走着走着，就迷失了方向，真个是“行迈靡靡，中心摇摇”，一种“日暮途远，人间无路”的锥心之感，使人凄然。

我当时脑海中所留下最深刻的一幕情景是在杭州火车站鹄候班次不定的火车。月台上行李凌乱，人潮汹涌，每个人的神色都是仓皇而悲苦。早春蒙蒙的夜雾，混合着火车头吐出的煤烟，使月台灯光格外昏暗。在昏暗的灯光中，我一直在人潮里找寻一位好友。她曾斩钉截铁地说要来送我，因而在没看到她以前，再是望眼欲穿的火车来了，我都不肯上车，我一定要和她珍重握别。可是在寒意刺骨的夜风中直盼到天亮，她仍没来，我只好爬上一列煤车，坐在煤堆上，眼看故乡离我而去。凄厉的汽笛呜呜长鸣，浓烟一阵阵吐向黑夜，车头灯照向寒冷的铁轨，照向茫茫前路。故国日远，故人弃我，默念着顾贞观“薄命长辞知己别，问人生到此凄凉否？”之句，不由得泪下沾襟。

因此，每回散步，我都不自主地走向火车站。那时的月台陆桥还是木架的，我一步步踏着黑黝黝的陈旧扶梯，拾级而上，走到桥当中，就停留下来。望向左手边的远处是西门町，霓虹灯世界虽不及今天繁华，却也照得夜空呈粉红色。可是蓦然回首，右边却是黑沉沉的夜，月台上候车的乘客虽没有仓皇忧焦的神色，但却是木木然彼此漠不关心的。火车自远而至，刺耳的汽笛长鸣，车头强烈的灯光照得人耀眼，阵阵浓烟弥漫了半边天。此时，我的心就陡然彷徨起来，我似乎在找寻一个人，好焦急地搜寻着，多么盼望她忽然出现，明明知道这是梦幻，是错觉。我已到了台湾，而她却在大陆，我怎么能在台湾的车站月台上找到她？就这么样，在匆遽的人群中，浓烟、汽笛中，我由彷徨而渐渐宁静下来，悄悄地对自己说：“我等待过了，你没有来，但你永远在我心中。”

我在木桥上来回踱了好一阵，再慢慢逐级而下，走向高低不平的黄土石子路，走向陌生的住处。天空中有时是薄薄的云层，有时是淡淡的星月，有时飘着细雨。不同的夜晚，不论风雨阴晴，我总怀着同样的心情，走向车站月台，徘徊在陆桥之上，一天又一天……

岁月飞逝，台北车站不复有木桥，火车汽笛听不到了，浓烟也不再弥漫，坚固的水泥陆桥上亮着明亮如白昼的日光灯。人群照样熙攘，行色照样匆匆，但我不再在桥上驻足盼待，与朋友音尘隔绝了二十多年，我们活在两个世界里，她不会突然来临了。

当年在上海，我们同住在海格路女生宿舍中。同学们在寝室里喧闹着，我俩总悄悄地倚在露台栏杆上听风听雨、数星星、看月亮。因为我们都是他乡游子，满怀乡愁。

“如此星辰非昨夜，为谁风露立中宵。”这是她和我最爱念的黄仲则的诗。虽感太凄恻了点，但幸得有两心相契。

如今，再不必怀念昨夜星辰昨夜风，二十多年也不过弹指之间，人生本来是匆匆过客啊！

读书记趣

读友人寄赠新著，竟日忘倦。年事日长，愈喜爱朴质无华、表达真性情的文章。他们有的以豪迈挥洒之笔，直抒胸臆。有的诙谐雅谑，于莞尔中道出世态人情。此中乐趣，有如与良朋晤对，一盏清茗，两心相契。辛弃疾说：“我见君来，顿觉吾炉、溪山美哉。”读好书亦复如此。

王鼎钧先生的《开放的人生》(尔雅出版社)，如点滴清泉，凉沁心脾，于长夏中有消暑疗郁之功。亮轩的《石头人语》(浩翰出版社)，使你感觉自己反成了点头的顽石，领悟至多。刘静娟的《心底有根弦》(大地出版社)，于清新、优美、流畅、自然、幽默的笔触中，透露出无限温厚的情怀。孩子的天真娇憨，社会人生的百态，被她描摹得如此生动，都由于一个出发点："爱"。因此每一篇都怦然拨动你的心弦，铿然有声。

想起先父早年读书，常于终篇后题诗志感。他读的是古人书，作的是金声玉振的律绝或古风。我虽学中国文学，而以限于禀赋，且生性疏懒，年来很少作诗填词。可是这几天忽然发了"诗兴"，也不禁"平平仄仄"地作起填字游戏来。对于《开放的人生》，我写了如下的四首绝句，固未足以道出该书的妙境，只当是读后感，并以博鼎钧先生一粲。

彩笔缤纷似吐霞，鼎公才思早名家。
人间自有长生诀，一粒金丹一盏茶。

隽语谐言不我欺，春风剪剪雨丝丝。
文章本是千秋业，纸贵洛阳未足奇。

论文煮酒欲忘年，一卷人生开放篇。
多少玄机凭尔会，人人心底有清泉。

明月清风豁达襟，拈花笑语度金针。
书生亦有匡时策，来往梯航共此心。

亮轩的《石头人语》，妙语如珠，发人深省，我亦戏题一绝：

谈笑从容发聩聋，石头妙语胜生公。
晓清谱出热门曲，多少闲情烟酒中。

亮轩的太太陶晓清是热门歌曲专家。朋友介绍时，只要说是晓清的先生，便无人不知。太太“热门”，夫以妻荣，附志以博一笑。

日前又在报上看到亮轩的散文《话醉》，乘兴再写一首，虽是绝句体裁，却可谓之“醉醉歌”：

读罢亮轩话醉篇，凭窗真欲醉中眠。
若能一醉千愁解，抛却南华学醉仙。

诗成后尚未寄发，适亮轩翩然而至。取出玲珑小石一枚，中间细细的一线空心，穿透两端，而石不碎，实是难得。石的半边有浅浅的绿色，他说细孔是小螃蟹寄居之处，浅绿色是海苔痕迹。如此说来，这枚小小石头，可称是“通灵宝石”

了。亮轩是在一位朋友刘先生家看到，把玩之下，爱不释手。其实这枚小石，原是画家庄喆从海滩捡来一大把中的一块，画家出国时，拣走了最喜欢的，剩下的由刘先生取去，随随便便地堆在一个盘子里，却被亮轩发现了这似平凡而颇具特色的一块，便向朋友要了来，濡笔于石的背面，记其来历，并云："念天地之过客，终不若此石之长久，愿有缘者俱可得而把玩之。"因而把此石转赠给我们。这一份友谊与雅兴，令人心感，因再赋一绝，以志其事：

> 通灵何幸遇知音，隐约苔痕剔透心。
>
> 纵是虚怀宁可转，感君翰墨志前因。

诗云："我心匪石，不可转也。"顽石当有它顽强的性格，尽管谦冲，岂可随波而转，这也许正是友人赠石之深意吧！

静娟的《心底有根弦》，篇篇都有非常多的可读性，见出她对周遭事物观察细腻，体会深刻，涉略广泛，以日常琐事人情，发为文章。因她是位年轻的女性作家，故我以一首词，将特别喜爱的篇章，隐括其中，并于句末附记篇名及大意。

临江仙

好雨丝丝凝碧树（《下了一阵雨》，写雨后清新气象，别具境界），离愁别绪频牵（《离愁离絮》写弟弟出国，姊弟惜别依依），娇儿童语似喷泉(《家有童话》写幼儿妙语，令人莞尔)。春晖多温暖（《卸不下的担子》写慈母之爱），心底有鸣弦（《心底有根弦》主题篇，写一位比丘尼风范和对她的怀思，情意真挚感人）。解语八哥归绿野（《公寓里的八哥》写对小动物的爱），灯前文思涓涓。小兄小弟各争先（哥哥要考弟弟，弟弟要做哥哥），公交车驰骋里，慧眼看人间（《公交车世界》写公交车中百态，幽默风趣）。

此词只聊表我对该书的爱好，诚不足以当大雅君子之一粲也。

春水船如天上坐

最初读思果先生的文章是远在十年前，那是文星书店出版的《思果散文集》。翻开书，先读题名《别离》的一篇（我一向没有顺序看书的习惯，除非是学术性的著作）。因为别离是人人都有的深刻感受，看他是怎么写的呢？读着读着，我整个心魂就沉浸其中，不是伤离怨别的眼泪，而是作者朴实婉曲之笔，道出了天地间最感人、最真挚的亲子之情，却于极自然的运笔之中见技巧。紧接着，我再看那篇《狗》和《悼基瑞》（狗名），由于我也是个爱小动物的人。读了以上三篇，决定非一口气从头读完这本书不可，因为这是性情中人写的性情中的至文。

可惜的是我一直还没机会读思果先生其他的几本散文集，

因此盼待到了他的最新作品《看花集》，当然是如获至宝似的，一篇篇仔仔细细地拜读。我有一个感觉，读他的文章，如同面对一位和蔼谦冲、学识广博的长者，他不懔然岸然地说人生大道理，不眉飞色舞地卖弄学问，不傲骨嶙峋地讥讽人情世态，你只安详地、轻松地听他侃侃而谈。那一份款切的拳拳挚谊，那一腔对人世的关爱，那一派温厚的幽默，使你如饮甘露，如服清凉散，如于和风丽日中徜徉于绿野平畴，或水流花放的幽谷之中。不一定看到什么奇花异卉，而一缕淡淡的清芬，却时时扑鼻而来，凉浸心脾，叫你忘却尘世的缺陷、丑恶和憎恨，总觉人生毕竟是美好的，人情是温暖的，世事是大有可为的。我不妨拿本集中《中英美散文比较》一文，作者对新散文的主张来做脚注吧！他说："新散文……再不是板起脸来讲仁义道德，而是和读者促膝闲谈，寓教训于趣话，叫人读来非常舒服。"（《看花集》页一六八）他真是把握这个原则，自自然然地做到了。

我常常比喻自己的作品是"清汤挂面"式的，只能勉强记事抒情，拙于写景。我觉得写景最难。稍一着急，就流于辞藻的堆砌而至以辞害意。而且以文字描绘景物，总不及绘画之以线条色彩、艺术摄影之以光影形像更能予人以视觉上直接与具象的感觉。但当我读了《春至》《秋叶》与《冬日漫笔》三篇时，真不能不惊奇于作者的一支彩笔之妙用，有胜于画家。他不但把你带入画图中，带入比实际还美妙的景色中，更把你带入他个人情操对景物体认所呈现的意象中，而至反复流连。例如在《春至》中他说："大地去年脱掉的衣服里，有件翠色薄纱的内衣已经重穿上身。"（《看花集》页二四）"天公一支笔，在大地上涂抹，涂一次绿一分，直到初夏绿得透不过气来为止。"（同上）"春不是难测的客人，不会半夜悄悄走掉，来了就要住一些时。"（页二六）清新脱俗而又不着力的毫端轻轻一点染，便告诉你春到人间，叫人心神怡悦。我觉得唯有辛弃疾的词"昨日春如十三女儿学绣，一枝枝不教花瘦"之句，差堪比拟。他写秋来临时说："枝叶悠然飘坠，就叫你疑心是飞鸟降临。"（页二八）"太阳照在橡树的红叶上，看去就是一簇簇的玛瑙……这样大一株玛瑙树，谁买得起。我们能看一阵也很有福分了。"（页二九）写冬天却说："我心里替寒林点上青绿，早已看到春天，而且沉醉了。"微带哲理的笔触，令人莞尔。谁又能说"春无消息谁知"呢？又如他写佛州的天气说："天天晴朗，天上的云不多，得一个'闲'字。古人诗词里常用'闲云'二字，现在我才明白他的好处。"（页一七）真仿佛他画了一幅淡墨山水，令人激赏。

《迁移》一篇，写尽了现代人由于转徙搬迁，对书籍什物难以割舍的心情，笔下充满感情而又别饶风趣。他说：“教科书上有他们（儿女）用彩色笔画出的地方，不认识的字查出了注释，我想这些东西，他们将来拿出来给子孙看看，也是好的，我实在没有权丢掉，可是……”（页六）“我曾想过，如果到月球，只能带一本书，我带哪一本？……我实在不知道，也许为了书，我情愿不上月球。”（页八）“许多书放在丢的一叠，想想舍不得，将来也许全需要，又找回来，找回来了，再一想，又丢掉。”（页九）那一份“剪不断、理还乱”的“难舍难分”，真是所有爱书人的同感，也是漂浮无定所的现代人的悲哀。若是旧时代，书香门第，有的是可容千万卷藏书的大书斋，何至把心爱之书丢弃呢？我知道思果先生读书博而精，经他读过的书，一定是圈点批注，点点滴滴的心血，自然更舍不得丢。记得先父曾对我说：“能读书的，不但人受书的益处，书也受人的益处。”经思果先生读过的书，一定受了他不少益处，他既然“送给朋友，朋友不要，他送给陌生人”（页六），那么，朋友或陌生人又可由他的书而获得益处，一想有人获益，书离开了他，也就不必依依不舍了。

我最喜欢的是《怀念》《喝》《老寿》《不惑之年》诸篇。尤其是《怀念》，作者对于在大陆的亲人、师友的怀念之情，只于琐琐屑屑的小事回忆中，娓娓道来，似乎有点凌乱，而于凌乱中见真情。屈原《离骚》之所以乱，原因想也在此。好像他的每一位亲人，也就是你我的亲人，给你一份哀乐相共的感受。而于文字之间，没有丝毫的做作、丝毫的渲染。更没有“泫然欲泣”“涕泗滂沱”等那么多的眼泪，他只平平实实、真真切切地把一件件琐事写出来，使你低回不已。例如他写重逢一位童年时的老友说：“最后一次见到他时，他的头发已经白了许多，背也驼了一点，只有笑起来眼睛里还闪出儿童时代要做英雄的光彩。”只此一句，道出了多少今昔沧桑。其中有一段文字，实在太感人，我忍不住非抄下来不可，否则未看该书的读者无法体会这份无可奈何的真切之情。

我们去了香港等于和她（外姑母）永别。我们全副精神放在孩子身上，想她的心淡，她的心一定全放在我们身上，想念我们很苦。有时我和梅醴（作者夫人）谈起她，别离的哀愁已经近于没有。“不知道姆妈还活着吗？”我偶然一提，“谁知道。”梅醴也随便一答。我们好像在说别人家的事。可是最初分别几年中并不如此。那时一想起外姑，梅醴就要流泪，现在分别太久了，我们慢慢地麻木了。好像我母亲死了这么多年，我知道已经没希望再见到她，所以难得为她

掉眼泪一样。可是现在如果见到外姑……(《看花集》页五二)

句句话出自肺腑，似淡而实沉痛，因为时空的间隔总会使思念淡去，但这却是浩劫时代的人生悲剧。正如作者说的："何以在短短几十年之间，我们要两次经过这样的剧痛？"

他又诚恳地说："我也不是一天到晚怀旧，只是偶尔触动……这种痛有时也很淡，好像一缕轻烟，不可捉摸，不过痛总是痛。"真是"不思量，自难忘"，正是他的"修辞立其诚"的最高境界。

在篇章中，也有许多隽语，引人深思，例如："在衣冠华丽的人面前露出寒碜相还不要紧，在有学问道德的人面前显得比他阔，才难堪呢！"(《怀念》页五六)"不必说要好的朋友，即使从前不很要好的朋友，也使我想念……自己身上的刺比以前少了，对朋友也更能了解一些。"(页五七)"往日种种的传奇变成了尊严、责任、同情、互助、光荣，这才真正说明了夫妻的神圣关系。"(《不惑之年》页六二)于此可看出作者为人为学处世的谦冲与诚恳。

于《吃喝》一文中，可看出他生活的情趣。他对吃喝一道，原来深有研究，也颇懂得偶然地享受一下。经他娓娓道来，仿佛你也跟着他尝遍了大陆各地的名产名菜，而油然起思乡之情。但他最后的结论是：“我虽然尝过可以称得最美味的中国菜，也承认这是人类最高的享受，艺术的上乘，可并不赞成这样讲究口福……人生有许多要务，而且我们财力有限，不容在饮食上费太多时间和金钱，只要不把好材料糟蹋，顾到营养就行了。”表现了道地中国人的节俭之风。

《幸灾乐祸》《失火》二篇是幽默小品，写人性弱点，入木三分，可是处处语重心长，透着宗教家的温柔敦厚之旨。

第三、四部分如读百科全书，见得作者学问兴趣之广，探讨态度之认真。随笔方式，写来亦庄亦谐，妙趣横生。仔细地读，可增加很多学识。例如《国语》一文，对于中国文字的音韵，把燕京音、中原音、其他各地方言，以及皮黄中的各种音调和声母尖团等等，做一番比较，却不给人掉书袋的枯燥之感。

由此看来，写好散文真不简单。第一要有渊博的学殖，第二要有广泛的生活情趣，第三要有仁厚的胸怀。思果先生于中西文学修养至深，所以文中许多中外掌故，都是信手拈来，有画龙点睛之妙，他更以虔诚宗教家的爱心体认人生。有着那不枯竭的涓涓活水，焉得不写出至情至性的上乘散文呢？

在《中英美散文比较》一文中，他提到“纯净”二字。他幽默地说：“散文不纯净，等于白兰地酒里掺了洗脚水。”我要告诉读者，尽可以放心地饮这杯白兰地——细细品味思果散文，因为里面没有掺洗脚水。

后汉时代的陈仲举，对平实得“无德而称”的黄宪极为钦敬。他常常对人说：“时月之间，不见度叔，则鄙吝之萌，复存乎心。”我个人与思果先生，尚未谋面，但觉多读他文章，可去心头鄙吝之心。相信欣赏他文章的读者们，亦会有同感吧！

《看花集》的书名，是作者得之于孟郊“春风得意马蹄疾，一日看遍长安花”的诗句，由“看花”二字，我却联想到大家都熟知的杜甫的两句诗：“春水船如天上坐，老年花似雾中看。”两诗的写作心情迥然不同。但我觉得少年时代，走马观花固然壮志愉快，中年以后，雾中看花，亦别有一番滋味。证之以他《老寿》一文中所引卢祖皋之句“载酒买花年少事，浑不似，旧心情”。谁曰不然。但我真正着急的却是上一句“春水船如天上坐”。因为读思果先生散文，有如于春江水暖之日，一叶扁舟，随意荡漾，心情是怡悦的、温暖的、轻松的，也是丰盈的，这也许就是古人所说的“如坐春风”吧！

犹有最高枝

读了季季的一篇近作《暗影生异彩》，再回过来重读她所有的散文，以及我最喜爱的几篇小说，深深感觉到一颗坚韧、锐敏、良善、狂热的心灵，从“属于十七岁的”时代，到今天持家的少妇、两个孩子的母亲，经历了多少艰辛岁月的千锤百炼，所焕发出来的光华，是如此地绚烂、壮丽。季季说：“垃圾经过发酵、腐烂，而成为深厚的沃土。”我更看到，深厚的沃土，即将凝成晶莹透亮的宝珠，在“暗影”中闪闪发光。佛家说摩尼珠是随物现其光彩的。季季对人间世相观照之微、人性探索之深，经由她哀矜而勿喜的温厚情怀，和清新而不放纵、婉曲而不雕琢、精邃而不晦涩的笔触，反射而出，恰似一粒随物现其光彩的“摩尼珠”。

读季季文章，最好于夜深人静之时，在灯下用心细读。你的心灵会被她的笔尖牵引到每一个她深深体认到的境界中，而沉醉到哀乐难以自主。这份哀，不是淡淡的哀愁。乐，也不是浅浅的欢乐，而是甘愿为人世分担忧患祸福，那一份沉甸甸的切肤之感。她的一字字、一句句，有如细细密密的琴键，轻轻重重地敲打在你的心弦上，砰然有声。我指的不是她的辞章之美，而是说她的每字每句，都是从她自己的心弦上弹拨而出，弹拨的是她自己的乐章，唱的是她自己的“夜歌”，你听来却如此亲切而不生疏。因为你自己也同样有一颗关切世事的心怀，你也曾经历人生的崎岖道路，只不过你一时尚未去找那些妥帖的词句来表达，或尚未以一首夜歌唱出你的幽思。而季季却已“先得吾心”了。这情态，如果借一句现成句来说，也许就是“人人意中所有，人人笔下所无”的巧思妙构吧。

说巧思妙构，季季笔下却只见挚情，未见着意斧凿痕迹。所以我觉得她的每篇文章，是用全副“心魂”写，而不是光用“脑子”写的。她于遣词用字之际，总求如何传达她锥心的感受、深切的领悟，而不是求如何使读者惊叹她的文字技巧。她更不企图以雕绘满眼的辞藻，引读者走入扑朔迷离之境。那就是说，她的文字是平易近人的，即使修辞也是立乎诚的。以我个人来说，我一向很难接受雕绘满眼或过于“新颖现代”的笔法，对季季的作品，我却满怀欢欣地全盘接受了，因为我正是一个用“心”读而不是用“脑”读的读者。

韩昌黎说：“艰穷变怪得，往往造平淡。”季季的散文，一如她的生命历程，于领略坎坷颠簸中，已由乱流急湍趋于舒缓平易。例如《你的呼声》《她的背影》和《暗影生异彩》诸篇，就充分显示了这一方面的成就。她微带诗情的、凝练的象征之笔，有如山涧清泉，经过乱石的冲击以后，依旧涓涓而流，流进你的心田。我读这些文章时，心中、耳中也似乎响起“似缠绵亦似鞭策，空无所有中……却更高昂、更坚韧、更不可动摇”的呼声。我也仿佛看到一个“天寒翠袖薄”的寂寞背影，踽踽凉凉地走向云天邈远之处，心中感到一阵凄惶。这也许就是我所说的“哀乐不能自主”吧！

可是季季从不作颓废的呻吟、消沉的叹息，文中没有“疏离”“空茫”“失落”等字眼。正相反的，在她任何一篇作品中，都显露出她对悲壮生命的讴歌、生存价值的肯定。这，一则是由于她的本性原不是绕指柔，二则是锤炼的历程一天天更使她成了百炼钢。在这些篇章中，随处都闪烁着她智慧和温厚心灵所凝聚而成的灿烂星光。譬如在《她的背影》一篇的最后，她写道：“我从她的背影中体认到最深刻的领悟乃是：我如她的背影一样，仍在一条漫长的生命路上寂寂地朝前走着。虽然每一步都是艰苦的跨越，但却从未停止，亦从未想要停止。”这正是海明威所说的“人可以毁灭，却不能被打倒”的毅力。对着拾垃圾夫妇的熟练动作，她说：“每一个动作都显示出一种久经磨炼的默契，那些在人们眼里是肮脏琐屑的秽物，到了他们手里，仿佛都变单纯了。”这是庄子“道在粪溺”的高层次领悟，也见得她对人世任何卑微事物看法的虔敬。在《花》一文中，我以万分喜悦的心情一遍又一遍地读着她如下的句子：“花们无语，却在滋润之后渐次苏醒了叶子。在那样沉默而有力的回报中，我的补偿的过程于焉完成了。在人和植物的世界里，生命中尚有如许微妙而虔诚的交流和互慰。那么炎日的残酷，雨打落花的伤感等等，不都可以释然于怀了吗？”她没有“泪眼问花花不语”“心事花开花谢”等哀伤的基调，而从“与花鸟共哀乐”的情愫中，体认出天地间不息的生机、物我为一的妙趣。她焉得不拈花微笑呢？“落日”对她的启示是：“任何一种置之死地而后生的过程，都饱含着凄凉有力的灵感和悲壮感人的成分。它是一种最实际而且最彻底的人世体验。”不用卖弄什么人生哲理，一切的领悟都从扎扎实实的生命历练中得来。所以这一类的句子也就弥足珍贵。她总是以柳暗花明、峰回路转之笔，带给人们以亮丽的曙光。是不是因为季季写作都从深夜到黎明，东方第一道晨曦的出现，给予她更多面临苦难的勇气，也启迪她更丰富的创作灵感呢？例如一个有残疾的鸡胸人，在她眼中“乃是宇宙最温暖而坚强的角色：一个勇敢尽责、乐天知命、随遇而安的人”。这是我们东方精神的涵泳。又如明明是在落日黄昏中，面对苍凉的火场，一位白发老人重整家园的坚定信念，顿时除她心中的凭吊与哀感，而写下：“天光渐暗了，我看不到火烬，也看不到那许多张忧愁的脸，我甚至不再感觉那是一片火场，我只知道那是一片无比深厚的土地，永远赋予人们最原始而坚实的期望。”哀而不伤，是何等高越的情操。我个人对写作不变的宗旨是，再深沉的苦难，再令人伤心的丑陋事实，总要给予人们一丝慰藉、一分宽恕、一缕希望。因而读季季的作品，愈益有相契于心之感。

《抽屉》《黄昏》《一天里的两件事》诸篇，该都属于生活小品。她细腻幽默有情致的笔触，娓娓道来，不但引人入胜，还总悄悄地告诉你一些她所领悟到的妙趣，与你共享。对着她自己紊乱的抽屉，她却发现“内心原来藏着更多的，多到几乎无可限量的抽屉。放置着我与这个世界紧密相连的各种爱与同情，挫折与鼓舞，谦卑与敬仰，耕耘与收获，唾弃与赞美……它们……更为壮阔而深远，也更值得珍惜与留存”。

对季季善感的心灵来说，人世间原无一事一物不值得珍惜与欣喜。

谁都知道，季季是写小说的能手，以一支写小说的彩笔，来给散文着色，写到人物、情景之处，自是出色当行，鲜明生动。《乡下老妇》《再见，翁锣仔》《一个鸡胸的人》和《梦幻树》诸篇，就是最好的例子。如她形容鸡胸人的深黑的头发“一根根零乱地竖立着，充满了一种无可奈何而十分任性的肃杀之气”，语言运用之巧妙，不亚于张爱玲。而我特别激赏《梦幻树》一篇。她发挥了高度的小说技巧，却又是一篇上乘的散文。曾记数年前，沉樱女士将荆棘的《南瓜》，选入散文欣赏集，《这一代的小说》却将它列入小说之中。可见小说、散文的分野有时也是很模糊的。尤其是有人物、有故事、有对话的散文，我们似可姑称之为“散文小说”，正如似诗的散文可称之为“散文诗”。“散文小说”具备小说的成分，而结构不必如“纯小说”之严谨。但季季的这篇《梦幻树》却是结构十分严谨，依我个人看来，可称得起是一篇第一人称观点的好小说。她对阿山要把尊严维持到底，似倔强而实畏缩的性格，透视得非常彻底，写他与凶犬作殊死战的可怜相十分传神，而于冷静观照之中，透着同情与尊敬。因为阿山并不真是个可怜虫，他也有他对人生理解的层次。他会因知道的事物太多而感到悲哀，他认为勇气也有许多层次。有趣的是季季这支笔，也是层层逼近，愈探讨愈深入。梦幻树的出现，疑真疑幻，于惝恍迷离中见境界。与前文斗犬的场景，看似不关联，而气氛由紧张而转为冲和，神情由困惑而趋于澄明。季季抽丝剥茧似的，由一个层面进入另一个层面，正由于她纯熟地运用了小说的技法，有写实也有象征，配搭得天衣无缝。

难得的是季季不关心写作理论，故在创作过程中，绝不受理论的牵绊而益见其生动活泼。《梦幻树》与《一天里的两件事》，景物迥异，而意象有异曲同工之妙。后者写她眼中所见的两件事：收垃圾的夫妇是一对踏踏实实为生存而挣扎的“人”，天边夕阳下，白云中乍隐乍现的飞舞鸽群是一幅大自然的“画”，她掇取二者使成为强烈的对比，在她内心此二者的启迪却是统一的、调和的。这一点与《梦幻树》所显示的境界正相契合，因为她都以同样虔敬感动的心情接纳了。在《梦幻树》的最后，她写道：“我回过头去，只见天地辽阔，一片清澄，那绿荫华盖，白色的围墙，疯狂吠叫的狗，都没入一片清澄里。而勇气、理性、尊严，都在那一片清澄中，分别绽出大小不一、色泽各异的花朵。”这岂不是庄周齐万物的境界？

在季季的每一篇文章中，我似乎都看到了那一朵冉冉绽放的花朵。

写至此，我忽然想起苏东坡的一首《江城子》中名句：“凤凰山下雨初晴，水风清，晚霞明。一朵芙蓉，开过尚盈盈。何处飞来双白鹭，如有意，慕娉婷。”这原是与此毫不相关的两种境界。但在对人生的感悟上，似颇有契合之妙。真希望充满灵心智慧的年轻作家们，都盈盈绽放出朵朵芙蓉，让挚诚的读者们，自比为天际飞来、慕娉婷的白鹭吧！

又不禁想起咏梅花的两句词：“犹有最高枝，何妨出手迟。”这可以譬喻：愈是迟迟出手，作品愈精。季季散文写得慢，也写得少，作为一个热切的读者，我愿耐心地盼待着她的最高枝。

看 戏

朋友们常问我喜不喜欢看戏，我总是连声地说：“喜欢、喜欢。”他们指的是平剧，而我对平剧却完全外行，喜欢的是所有穿红着绿、吹吹打打的“戏”。我也并不会欣赏戏的艺术，而只是喜欢“看戏”这回事。

小时候，带我看戏最多的是外公和长工阿荣伯。阿荣伯背着长凳在前面走，外公牵着我的手在后面慢慢儿地荡，荡过镇上唯一热闹的一条街道，经过糖果店，我的手指指点点，喊着：“花生糖、桂花糕，我要。甘蔗、橘子我也要。”外公说：“好，统统要，统统要。”就统统给买了。到了庙里，阿荣伯把长凳摆在长廊的最好位置，用草绳扎在栏杆上，让外公和我坐，自己却站到天井里去看了。他说这样站近些，看得仔细。如果唱错了、动作错了，他好敲戏台板。比如有一次，他看到演戏的扬着马鞭，边走边唱，忽然背过脸去拉下胡子吐了口痰，却用靴子底去擦。他就敲着戏台板喊："老哥，你骑在马上，脚怎么伸到地板上来了。"这大概就是今天的喝倒彩吧。演戏的也毫不在乎，冲他笑一笑，继续拉着嗓子唱下去。

戏还没开锣以前，外公总叫我到大殿上向神像拜三拜，保佑我聪明长生。外公说这座神像就是大唐忠臣颜真卿。他坐的是上河乡的上殿。他的弟弟颜杲卿坐的是下河乡的下殿（其实颜真卿、颜杲卿并非兄弟，也许因二人都是平"安史之乱"的名臣，所以乡人把他们结成了兄弟[①]）。外公告诉我，因为上殿风水比较好，做弟弟的特别让给哥哥居住，哥哥心里很过意不去，所以过新年时，总是哥哥先去拜弟弟的年。因此正月初七迎神时，是上殿神先去下殿拜年，初八是下殿神来上殿回拜哥哥。我们乡里有句话："瞿溪没情理，阿哥拜阿弟。"外公还说颜氏兄弟幼年时，有一天在溪边玩，忽听鸣锣喝道，一位大官坐着轿子来了。他们知道大官是奸臣，就拾起溪里的石头扔他，刚刚扔在奸臣脸上，奸臣大怒，问是

① 颜杲卿实为颜真卿堂兄。

谁干的，兄弟俩都承认是自己干的，就把两人都关了三天三夜。外公说他们从小就有大无畏的精神，而且手足情深，叫我牢牢记住。这些故事，外公每年都要给我讲一遍，我怎么会不牢牢记住呢?

戏开锣以后，外公抽着旱烟看得入神，我坐在长凳上，荡着双脚，边啃甘蔗，边东张西望。把甘蔗渣扔到天井边，常常扔在人头上肩上，下雨天就扔在伞背上。外公轻轻拍我一下说:“姑娘家要斯斯文文的，老师是怎么教你的? ”一想起要我背《女诫》的老师，就恨不得在戏院里待一辈子。

我家乡话称演戏的，不论男女，都叫“戏囡儿”，大概是供人取乐的意思。门帘一掀，“戏囡儿”出来了，看他的脸，我就知道是忠臣还是奸臣。额角正中央粉红色的，一定是忠臣。满脸雪白的，不是曹操就是司马懿。我家四姑粉搽得太白的时候，她母亲，就是我的五叔婆常骂她“司马懿造反”。鼻子上一团白，一定是坏人。五叔婆生气的时候，就埋怨“被那个白鼻子害得好苦”，也不知指的是谁。看见白鼻子我就问外公:“他怎么没被杀掉呢? ”外公敲着旱烟筒慢条斯理地说:“还早得很呢，要等戏团圆（剧终）的时候才杀掉。”旁边的人说:“全靠他才有戏好看哩。”我向他白一眼，心里好不耐烦。只有花旦出来一扭一扭，手帕一甩一甩的，我才看得高兴。外公最最喜欢正旦，他叫她“当家旦”。“当家旦”到戏团圆的时候，一定戴上凤冠变成一品夫人。阿荣伯说：“吃尽了苦头，最后总会出头的，这叫作‘好心有好报’。”我说：“妈妈将来也要当一品夫人。”外公笑了。看到关公出来，我就肃然起敬。阿荣伯说过，演关公走麦城这一出戏，后台一定要摆上香案，否则就会起火。据说有一次没有摆香案，前台一下子走出两个关公。一个是显灵的真关公，一个是扮演的假关公。假关公睁开凤眼，看见对面也来了个关公，就吓昏倒了。因此我看这出戏的时候，只想看见两个关公一起走出来，心里又有点害怕，老是问后台摆了香案没有，听说摆了却又有点失望，因为不能看扮关公的“戏囡儿”昏倒了。

庙戏的戏台很小，四面临空。前后台都分不大清。他们穿衣服画脸，都从木栅门里看得清清楚楚。关公上台那么威风凛凛的神气，回到台下就跟人拳头打来打去，有说有笑。我好想去后台看热闹，外公不让，说小姑娘不许乱窜。外公说过一个笑话：关公的卫兵周仓肚子饿了，在后台摘下胡子吃馄饨。关公喊：“周仓来呀！”周仓急急忙忙上台，忘了戴胡子，关公一看，拍了下桌子说：“回去叫你爸爸来。”周仓赶紧下去，戴了胡子再上来说：“周仓来也。”这个关公好聪明，笑得阿荣伯和周围的人群都露出黄黄的大门牙。

另一面的走廊最好的位置，总是杨乡长家搭的彩台，杨乡长的大女儿和她全家人高高地坐在台上。杨大姑娘比竹桥头阿菊还打扮得耀眼，电珠纽扣一闪一闪的，看得我好嫉妒，我仰脸问外公：“我们为什么不也搭个彩台？”外公说：“总共才那么点地方，都被彩台占了，叫别人坐在哪里看？你看天井里还有那么多人站着呢！”可是我心里不服气，为什么杨乡长家就可以搭呢？为什么杨大姑娘就那么神气活现呢？为了看戏的事，我跟阿菊以后就不大理她了。她见了我们，也把脖子一扭，翘起鼻子走开了。

每回戏班子来，都是演两天，每天两场。包银看戏班子性质决定。京班、昆班比较贵，高腔班、乱弹班比较便宜，钱都由邻里长挨家挨户地来收，大户人家为了表现气派，也有多给点的。在我记忆中，正月初七、二月初一的戏班最好，因为是闲月，看的人多。其他清明、端午是请瞎子先生唱词的多。唱全本《白蛇传》时也很热闹。戏台柱子上盘着黑白两条纸糊的蛇。瞎子先生衣冠楚楚，斯斯文文，很有学问的样子。台下听的人都是年纪比较大的，鸦雀无声。外公每回去听，我都跟去兜一圈，吃饱了糖果就回来了。母亲喜欢听唱词，听《二度梅》里《陈杏元和番》，听得泪眼婆娑的。这时候，我问她要铜板买桂花糖吃，她数也不数就给我一大把说：

“去去去。”戏班子呢，母亲喜欢看乱弹班，唱的好像就是我们家乡调，嗓门儿一会儿高，一会儿低，尾音拉得好长，老像在哭哭啼啼。有一次是难得请到的绍兴班，演全本《珍珠塔》《借花灯》。母亲和五叔婆，把长工的饭菜快速地赶做好，就双双迈着小脚去看戏了。看完回来，母亲把故事讲了又讲，五叔婆就咿咿呀呀地唱，两个人要高兴好多天。

散戏以后，演员们都要到我家大宅子来逛，那时，潘宅大院是有名的。他们一转过我们家前门的青石大屏风，从大门进来，我就兴奋地喊：“妈妈，外公，戏囡儿来了，戏囡儿来了。”母亲叫我不要当面这样喊他们，会生气的。有几个人，脸上的粉墨都没完全洗干净，我认得出来是扮什么人物的，就指着他们说：“你是白鼻子，你是奸臣。”戏囡儿笑笑说：“不要紧的，在台上当奸臣，在台下当忠臣就好了。”阿荣伯说：“可不是，都扮忠臣，谁扮奸臣呢？”外公摸着胡子说：“戏里的好人坏人是让我们看得清清楚楚的，真正的好人坏人就不一定看得出来啰。”阿荣伯点点头，他们说得一本正经的，我就不大懂了。

父亲回到家乡的第一年中秋节演戏，乡长毕恭毕敬地把戏码子捧来请父亲点戏。父亲说：“在北平名角儿的戏都看得那么多，这种戏班子有什么看头？”可是乡长说父亲是大乡绅，一定要赏个面子，又说这是特地为欢迎父亲回乡，请来的最好京班，父亲这才慢吞吞地翻着本子，点了出《空城计》。我一听说是戴长胡子的老生戏，就吵着要看花旦，父亲再点一出《宝蟾送酒》，还特别为外公和母亲点了出《投军别窑》。四姑在旁边抽着鼻子说：“都是老人戏，只有一出《宝蟾送酒》好看。”我说：“乡长一定买了好多好吃的请爸爸，不管什么戏，我都要去看。”

一到庙里，就看见正殿偏右搭了高高的一座彩台，台上一字儿排着靠背藤椅，原来是杨乡长特地为父亲搭的。殿柱上还贴了一张红纸字条，写着“潘宅大老爷贵座”几个大字，外公看了只是抿着嘴笑，我问：“我是不是可以坐上去呢？”阿荣伯说：“当然可以，你是潘宅大小姐，本来就比别人高一个头。”我又问：“是不是比杨乡长的女儿还高？”阿荣伯说：“可不是。”外公说：“我看你就别跟人比高低，还是和外公坐在台下平地上，要什么时候走就走，自在多了，高高地供在上面，有什么好的。”可是我一想起杨大姑娘每回坐在高台上的神气样子，就非要坐一次不可。况且父亲给我从外路带来了胸前有闪亮牡丹花的水绿旗袍，我为什么不穿起来亮一亮相呢？我一定要叫杨大姑娘大吃一惊。

戏还没有开锣，台上忽然把一张有绣花红椅披的椅子高高搁在桌子上，椅子当中竖一块黑色牌子，用白水粉写着：“潘宅大老爷、太太、小姐加福加寿。”哈，连我这小不点都上了谱了，这一得意真非同小可，不一会儿就出来戴白面具的加官，用朝笏比画了一阵，取来缎轴一抖，亮出“国泰民安”四个金字，再一抖，便是“富贵寿考”四个字。他进去以后，又出来一个戴凤冠霞帔的，再扭上半天。阿荣伯说这是给太太小姐敬礼的。最后一个家童打扮的，一手拿一张红帖，一手捏着三个亮晃晃的洋钱，向我们的高台一个纳福，表示谢赏。原来父亲早已叫阿荣伯把红包送过去了。我真是快乐得飘飘然，转脸看对面彩台上的杨大姑娘，她的座位是空的，不知什么时候，她已经走了。大概是因为比不过我，气得连戏都不看了。我再抬头望母亲，她一直用手帕擦着脸，很不安也很疲倦的样子。我问：“妈妈，你怎么啦？”她忽然站起身来说：“你们看吧，我还有菜没烧好，家里客人多。”她就悄悄地走了。四姑鼻子一抽一抽的，像是什么感觉都没有。这时看母亲走远了，忽然说了一句：“大嫂呀，她真不是人间富贵花。”她念了几年师范，说话就那么文绉绉的，说我母亲不是人间富贵花，究竟是赞美还是取笑呢？我又问：“那么四姑你是什么花呢？”她猛抽一下鼻子说：“我什么花都不是，我是我妈妈脸上的一个疤，她才那么讨厌我。”听了她的话，我扑哧一下笑出声来，忽然又替四姑很难过，就再也不忍心取笑她的抽鼻子毛病了。

《宝蟾送酒》的那个宝蟾，脸上粉搽得好厚，大嘴巴笑起来时，牙齿特别黄，声音又粗，实在是不好看，四姑和我都很失望。倒是她手里托着亮闪闪的银盘子，不时地用一个指头点着转起来，像变戏法似的，转得好快，看得还过瘾。《空城计》上场时，孔明摇着羽毛扇，穿着略微嫌长了点的八卦袍，在台上唱了好半天，又爬到布做的城墙上再唱，唱得我只想睡觉。一通锣鼓，司马懿出来了，我想起五叔婆说四姑的大白脸像“司马懿造反”，忍不住向她瞄了一眼。她脸黑黑的，一点脂粉没搽，穿一件蓝缎棉袄，是五叔公的长袍，五叔婆改了没穿，现在再改给她穿的。看去老老实实的样子，我反倒觉得自己金光闪闪地坐在她边上，有点不好意思了。

城楼上的孔明老唱个没完，我有点厌烦了。父亲却眯起眼睛仔仔细细地听，三个手指头在手心轮流点着打拍子，很赞赏的样子，还直夸“没想到这班子真行，唱得字正腔圆”。我却发现那个孔明像五叔，四姑也说像，外公说：“可不就是他，戏班子怕潘老爷听了不满意，五叔就去代唱，也好过过瘾。”我忍不住告诉父亲，父亲马上沉下脸说：“他若唱得这么好，也就有条路好走了。”第二天，五叔自己告诉父亲：“大哥，孔明是我扮的，大哥还满意吗？”父亲的脸拉得更长了，他说：“你呀，就只会唱唱戏，不三不四的。”母亲说：“你也别老这么说他，他倒是做什么像什么，人是聪明的。”父亲说：“聪明不走正路，有什么用？”可见父亲尽管看足了北平的名角，还是不把唱戏当作一条正路。五叔悄悄地跟我说：“大哥真怪，我昨天在戏台上，还看见他直点头呢，现在又骂我。”我说：“你穿起孔明的八卦衣，很有学问的样子，你为什么不索性去唱戏呢？”他瞪我一眼说：“那我也不干，堂堂潘宅大老爷的令弟，怎么好给人当‘戏囡儿’看待。”我真摸不清楚，他到底想干什么呢？母亲说父亲生他的气就是这一点。后来只要是好京班来，五叔就去客串。在我记忆中，他当过《捉放曹》里的陈宫，《梅龙镇》里的正德皇帝。小生也唱，当过《白门楼》里的吕布。母亲说他唱小生像小公鸡初试啼声，难听死了。他还当过三花脸——《女起解》里的崇老伯。他说别看白鼻子，白鼻子也有好人，就是崇老伯。最有趣的是他还反串丑旦，演晚娘虐待前妻儿女，拳打脚踢，像个武生，引得台下哄堂大笑。我后来想想，五叔如果一心学平剧，一定可以成为一个名角。他唱老生韵味十足，台风又好。可惜他一生就是这么游戏人间，做哪一样也不认真，以至潦倒终生，遗下妻儿，不知流浪何方。我每回想起他，心里总是好挂念、好难过。

十二岁到了杭州以后，才算正式看了京戏。那时杭州旗下城就只一家戏院共舞台，也是破破烂烂的，凡遇好戏班来时，共舞台老板就亲自送戏单来，问要订多少座位。父亲又会感慨地说："当年在北平看那么多名角，现在还看什么？"说是说，还是订了座，而且时常点戏。我因念书，不能常常看，但看到海派机关布景戏，就闹着非看不可。在我印象中最深刻的是全本《秦始皇》，皇宫布景之堂皇，赵姬的那股妖媚与服饰之华丽，令我目眩神移。还有《洛阳桥》《花果山》等戏，布景变化多端，连母亲都看得喜滋滋的。母亲尤其喜欢看青衣戏，《三娘教子》这出戏，她每回看每回泪流满面，我一听到那小孩说"高高举起，轻轻打下，打在儿身，痛在娘心"时，也就跟着哭。回来又学那小孩走台步。还有《御碑亭》中那一记雨地里滑跤，我对着镜子学了好久也学不会。

看戏之乐，还不只是听锣鼓喧哗，看穿红着绿走进走出的热闹，更开心的是没完没了地吃：采芝斋的芝麻片、核桃糖，到嘴就化的雪梨，刚出水的嫩红菱、藕片，随你吃多少。热腾腾喷香雪白的毛巾，不时从倌倌手中飞来。收票时两边过道两个人各伸手指对一下票数。我最怕收票，一到收票时就知道快要落幕回家，我心中总有一股酒阑人散的空茫之感。

有一次，梅兰芳来了，是他欧游得了博士以后，那种轰动不用说了。因共舞台太旧太小，场地特别改在新建的华联电影院。共演四天，是《红线盗盒》《四郎探母》《贩马计》和《霸王别姬》。我正赶上月考，干脆带了书在戏院里边啃边看。霸王金少山声震屋瓦地唱着，我可以充耳不闻。虞姬一出场，我就贪婪地睁大眼睛，眨都舍不得眨一下。那一段"夜深沉"的舞剑身段，和背过身子含悲饮泣的表情，确实是世上无双。自我长大到今天偌大年纪，也看过不少《霸王别姬》，好像就没有一次这么叫人感动的。第二天考题填充有"哥伦布发现新大陆是哪一年？"我马上填上"一四九二"。因我头一晚看梅兰芳伏剑自刎，边背外国史边默记一下"一死救尔"就是"一四九二"。演《红线盗盒》与《坐宫》时，梅兰芳"粉腕"上的那只碧绿翡翠镯子，引得四姑和我都看呆了，四姑直问："你猜那只镯子是真的还是假的？"母亲说："戴在梅兰芳手上还有假的？"父亲说："是假的，真的戴在他太太手上。"我一听好失望，为什么梅兰芳是个男人？看他谢幕时袅袅婷婷地蹲下去向观众纳福，明明是个大美人儿嘛。可是那几天，旗下城所有相馆橱窗中都摆着他和太太福芝芳的放大照片。梅太太打扮得朴素大方，梅博士长袍马褂，又明明是个潇洒的男人。

我也有两张梅兰芳的照片，一张穿西装，一张是《宝莲灯》的剧照。他刚到那天，来我家拜客。黑色的轿车在大门口停下来，我正背了书包要上学，听差说梅兰芳来了，我就退在门边看他下车。老妈子正端了个白瓷马桶想从边门出去，又忙着赶回大门边来看，马桶还捧在手里，几乎跟穿长袍马褂的梅博士撞个正着，我不禁抿着嘴笑弯了腰。忽然想起那两张照片，正好请他签名，连上学迟到也不顾，就飞奔上楼找照片，慌忙中怎么也找不到，只看见电影明星胡蝶和徐来的照片，抽屉翻得乱七八糟，被母亲训了一顿，也不许我钻在门背后看梅兰芳，只得失魂落魄地上学去了。在那个时候，觉得失去那样千载难逢的机会，是一生的遗憾似的。长大以后，经过的事情太多，失去的各种各样的机会也太多，就把一切都看得淡淡然了。

抗战期中，我一个人在上海求学，寄住在一位要好同学家中，同学的母亲是位平剧行家。她几次三番要带我去听戏（她总是说“听戏”不说“看戏”）。我却对任何名票都毫无兴趣。勉勉强强去看了一次全本《四郎探母》，坐在热闹的戏院里，一颗心却是飘飘荡荡、凄凄冷冷的，只是怀念着家乡的庙戏、杭州的机关布景戏。那份温暖、那份欢乐，不会再有。故乡因战事音书阻绝，在故乡的母亲白发日增，却离我好远好远，想起外公和阿荣伯敲着旱烟筒给我讲孟丽君、唱戏词儿，真正成了一场梦。

同学的二姊三妹都是戏迷，每周六都有人来家中吊嗓子。二姊夫妻搭档票戏，演《贺后骂殿》，丈夫去演“昏君”，三妹悄悄地跟我说：“我二姊夫确实是个昏君，我真替二姊担心。”我不懂这话是什么意思，寄居他人家中，万事都不愿多问。后来同学告诉我，二姊夫大模大样地跟别的女人票[①]《甘露寺》，他演的是乔国老，却爱上了孙尚香。家庭因此大起风波。二姊变成一个非常不快乐的人，永不再票戏了。她的三妹只小学毕业，就没好好上学，跟一个唱小生的有妇之夫因常配戏而日久生情。他们来往的情书，她都大方地拿给她姊姊和我看，原来都是七字一句的戏词儿。男的还引了两句古人的诗：“薄命如卿甘作妾，伤心恨我未成名。”老母知道后，气得重重打了她一顿，却仍阻止不了如火如荼的爱情，终于背母私奔了。半年以后，她给她母亲写了封信，我也看了，词儿到今天都记得：“流清泪，禀娘亲，个乃郎是痴心汉，女儿岂做无情负义人。若得大娘宽宏量，不论正来不论偏。一心等他功名就，双双回得家门再拜老娘亲。”有板有眼，标准

① 票：非职业演戏。

的戏词儿。若是配上反二黄或二六之类的调子，唱起来一定荡气回肠。她母亲一边看一边咒骂，骂一阵又哭一阵。最后还是把揉成一团的信纸抖开，折得好好的，套回信封，锁在抽屉里，时常取出来看看哭哭骂骂，却是十二分爱惜的样子。我在想中国的地方戏文或平剧忠孝节义情节，能把一个没有受过高等教育的人，教成知书识礼，但也会让人走火入魔。像这个同学的妹妹，就是一个例子。

在上海四年，只听过一次荀慧生的《红娘》。印象中，觉得他的四平调婉转多姿，身背后一朵大大的水红绸蝴蝶抖得好可爱。后来陪一位长辈住医院，隔壁病房正巧是荀慧生。那位长辈是四大名旦迷，在阳台与餐厅里，老是盯着荀慧生看，看他形容憔悴，全不是当年粉墨登场，红氍毹上婀娜多姿的神态，她感慨万千地叹息：“荀慧生老了，好可惜，他怎么也老了。”说了好几遍，仿佛荀慧生都会老，她自己老去就无足惋惜了。

来台湾初期，因为这位长辈喜欢看戏，我陪她看了不少次越剧。坐在狭窄嘈杂的戏院里，尽管耳中充满丝竹之音，剧情与戏词也都熟悉，却总引不起兴致，呆呆地坐着只为陪长辈。她叹气我跟着叹，她笑我也跟着笑。心情闲闲的，想的都是些陈年旧事。尤其想起在杭州时一位专照顾我的金妈就是嵊县人，她会唱很好的越剧。夏天的夜晚，她陪我在西湖边乘凉，坐在长凳上她就唱。唱到《方玉娘祭塔》中“夫妻本是同林鸟，大难临头各自飞”的几句时，便眼泪滚滚而下，她唱的声音好美好凄凉。母亲告诉我她原本是唱越剧的，因不容于婆婆才出来做工，丈夫也不理她了。她平时总是泪眼婆娑的时候居多，父亲说她有沙眼，不久她就负气走了。走以前，她一句句教我唱梁祝的《楼台会》，好让我一直记得她。如今我每次一哼，就会想起与金妈在西湖边乘凉的情景，我已非青鬓年少，金妈想早已不在人间了。

不久永乐戏院就有顾正秋的戏，长辈常要我陪去听戏。有一次看全本《董小宛》。演到冒辟疆进宫之时，董小宛从多情的顺治帝怀中，又哭倒在魂牵梦萦的冒辟疆怀中，左右为难。长辈就哭得抽抽噎噎的，手帕湿透了，把我的拿去再哭。我却总掉不出眼泪来，也许心情已老，对所谓的爱情，已经无动于衷了。想想长辈也许是为剧中人而哭，也许是为想起当年在北平的荣华岁月，如今物换星移而哭。总之，一个人能借着眼泪散发一下内心的感触或郁闷总是好的。怕的是忧患备尝以后，存亡见惯，连眼泪都枯涸了。

相依多年的唯一长辈逝世以后，想想她一生绚烂，终趋寂灭，我的心情也似乎随之同归寂灭，即使坐在闹哄哄的戏院里，总有一分“笙歌归院落，灯火下楼台”的曲终人散之感，所以就宁愿不去看戏了。

自从电视有平剧与地方戏的播演以来，我总是尽可能地收看。尤其是歌仔戏，我反而特别喜爱，因为他们的服装，他们的一举手一投足，都逗引我深深地怀念故乡，怀念偎依在外公、母亲或阿荣伯的身边看庙戏的好日子。尽管我一个人静悄悄地坐在屋子里，四周没有熙攘的人群，没有高高的彩台，没有四姑或阿菊。但他们都随同荧光幕的彩色，在我眼中、心中浮动、旋转。有时，一个小动作会使我莞尔而笑，因为那都像是童年时代最熟知的情景，也都是外公、母亲、阿荣伯最津津乐道的忠孝节义故事。外公曾经对五叔说过这样的话：“做人一世，也就是演戏。一上了台，就要认认真真把戏演好，由不得自己偷工减料的。”在我心中，外公是位哲学家。

我常常想，如果外公、母亲、阿荣伯如今都健在的话，该多么好。但长辈总要故去，戏总有落幕的一刻。因此，我看戏时，也能保持一分轻松愉快的心情了。